おちゃめに100歳！
寂聴さん

瀬尾まなほ

JAKUCHO SETOUCHI　MANAHO SEO

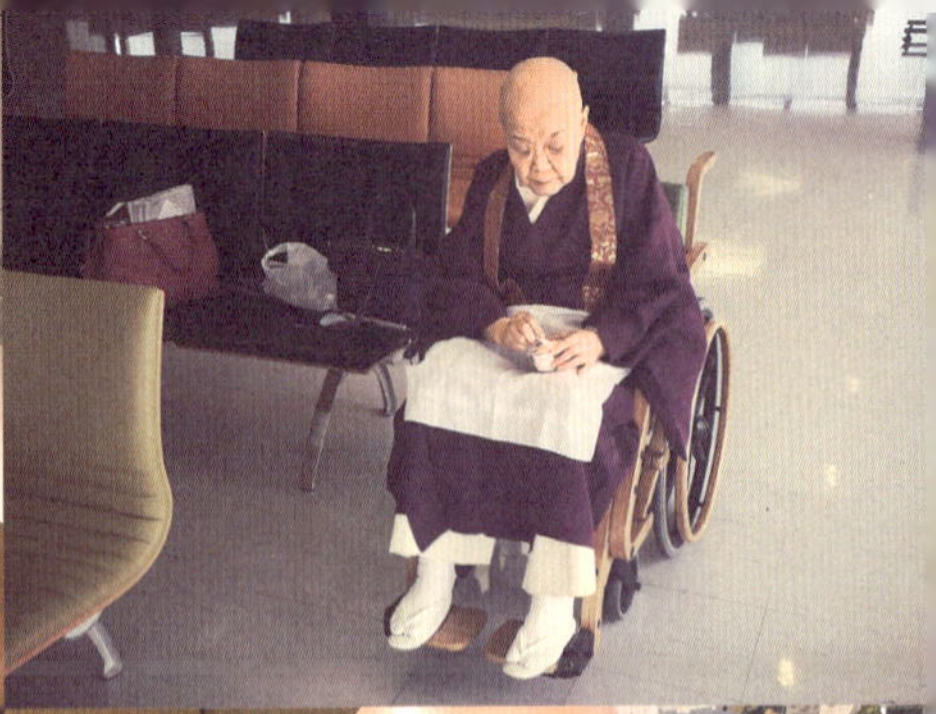

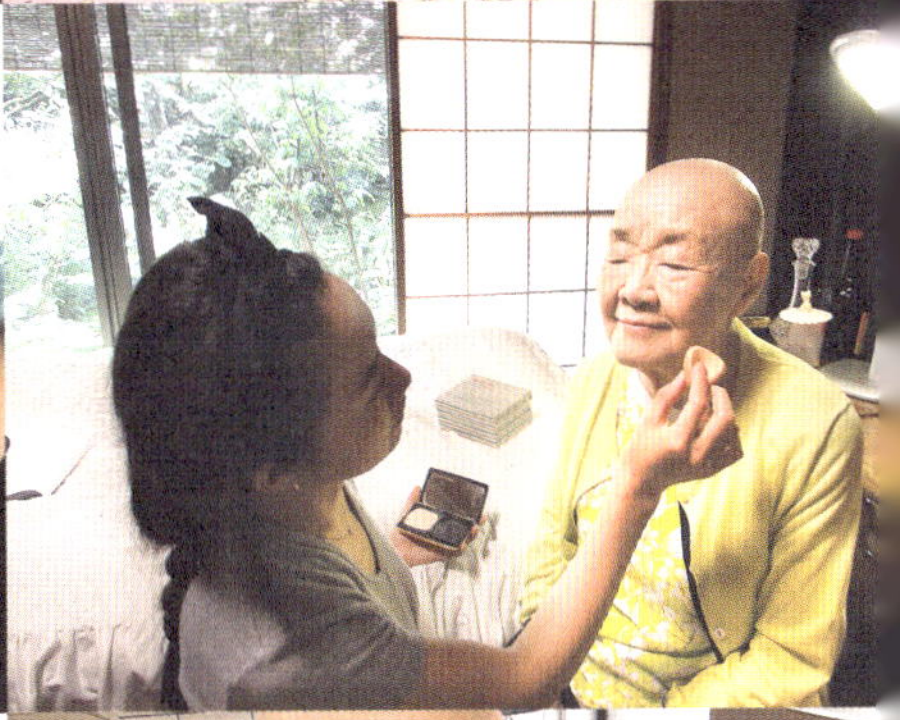

あなたの寿命が縮んで、私が延びる〜

目次

ブックデザイン——前橋隆道
千賀由美(tokyo synergetics)
写真——篠山紀信
イラスト——瀬尾まなほ
プライベート写真——瀬尾まなほ&スタッフ
執筆協力——西村綾乃

第1章　寂庵の一日

あなたの寿命が縮んで、私が延びる～

瀬戸内寂聴。

わたしが7年間ともに生きている先生は、止まることもなく、ずっと走り続けている。過去も見ずに前だけを見て。一度切りの人生を後悔しないように、自分の心のままに正直に生きることを教えてくれた。後どのくらい、一緒にいることができるか分からないけれど、いつか離れ離れになるその日まで、わたしは先生とずっと一緒にいたい。

世界遺産など見どころが多い嵐山。谷崎潤一郎の『細雪』や、夏目漱石の『虞美人草』にも描かれた「渡月橋」では、人力車で名所を案内する若い俥夫《しゃふ》が、きょうも懸命に声をあげている。

土産物店や天龍寺などを抜け、念仏寺方面に向かう小道に入ると、観光客の姿は一気に少なくなり、静かになる。

先生が暮らし、執筆と行事を行う寂庵は１９７４年に、ここ嵯峨野《さがの》に結ばれた。

私邸へと続く門は、聖観音様がまつられたお堂で、8月と12月のお休み以外はそれぞれ月に一度、写経と法話の会を行うとき以外は閉門している。

門からお堂に上がる間の石段には、季節の花が咲き、苔が繁る。石段の両脇には、たくさんの仏像が来客にほほえむ。愛らしい表情の像は、先生が名誉住職を務めている岩手・天台寺の山道の両脇にひそんでいるものと同じだ。

お堂の側には、先生の法名の一字である「寂」の字が刻まれた石がある。これは、書家の榊莫山《さかきばくざん》先生の筆。１９７３年11月14日、51歳のときに、岩手県平泉町の中尊寺で得度式を行い、瀬戸内晴美から瀬戸内寂聴に生まれ変わった。先生の法名は、そのとき、師僧の今東光《こんとうこう》先生から授けられた。仏教で師僧は、弟子に自分の法名の一字を与える習慣があり、法名を「春聴」という今先生が「聴」の字を贈られたのだ。

今先生が、座禅をしていたときに降りてきたという「寂」の字。「聴」と合わせると、「出離者は寂なる乎《かな》、梵音《ぼんのん》を聴く」という意味が込められている。

先生は、わたしの心の変化にも、すぐ気付いてくれる。

住居の玄関には、お正月には鏡餅、ひな祭りの前には、お雛さまなど四季を知らせる飾りや花を飾る。祖父母と一緒に暮らしたことがなかったわたしは、日本の伝統にうといところがある。だから、枝に紅白のお餅が付いた餅花を初めて見たときは、思わず、

「これはいつになったら食べてもいいの？」

と先生に聞いて笑われた。

6月になると和菓子店で見かける三角形の水無月《みなづき》は、氷室《ひむろ》の氷を口にして暑気を払っていたむかしの名残。もちもちした食べものも好物なので、当時、貴重品とされていた氷よりも、あずきいっぱいのしんこ餅の方が、うれしい。無病息災を祈願して、おいしくいただいている。

季節のものや、しきたりは難しいし、あまりピンとこないけれど、おいしいものは〝お腹〟で覚え、先生に聞き少しずつ学ぶようにもなった。

寂庵には秘書のわたしと、事務担当の佐奈恵ちゃん、お堂担当の馬場さんがいる。寂庵のすぐそばで、愛犬の「よるる」と暮らすわたしは、毎朝9時前に寂庵に出勤する。わたしたちの一日は、まだ先生が眠っている間にすませる、朝の掃除から始まる。

雨戸を開けて、花瓶の水を入れ替える。掃除機をかけたり、洗濯をしたり。

「もう、起きているのかな？」

と先生が寝ている部屋のふすまを開けるとき、わたしの朝も「耳を澄ませる」ことから始まる。

「グー。グー」

いびきが聞こえると、

「良かった。死んでいなかった」

とホッとする。

「先生。おはようございます。起きて！」

と体を軽く揺する。

「うーん」

起きたばかりの先生は子どものようだ。

布団の中に隠れようとする体を起こし、眠たそうな先生の部屋の雨戸を開け、外の光を部屋に入れる。

血行をよくするために、毎朝お風呂に入ることが習慣になっている先生に、

「お風呂できてますよ！」

と伝える。先生は入浴剤を必ず入れてお風呂に入る。

5月15日の先生のお誕生日のころは、抱えきれないほどのバラの花束をいただくので、赤や黄色、ピンク色の花をほぐして、湯船に花びらを浮かべてバラ風呂にして、リラックスしてもらった。冬至にはゆずをプカプカ浮かばせていた。

24時間、365日。休みという休みを持たない先生。大好きなお風呂に入って手脚を伸ばしているときくらいは、ゆったりとすごして欲しい。

先生が入浴する20分ほどの間に、朝食の準備に取りかかる。献立は佐奈恵ちゃん、馬場さんとわたしの3人で持ち回りで考えている。

わたしが献立を考えるときは、苦手な和食はパス。必ず洋食にし、パンが欠かせない。「パンなんて普通じゃない」と拍子抜けされるかもしれないけれど、先生はわたしと朝食をとるまで、ほとんどパンを食べなかったそう。長く生きているのに、何て人生もったいないことだろう、信じられない。パン大好き！

これまで食べていない分も、取り返してもらおうと、インターネットや雑誌、テレビなどで調べてとっておきの逸品を用意する。

わたしの一押しは、祇園など関西にしか店舗がない「グランマーブル」のデニッシュパン。フランスの高級ブランド「エルメス」の箱を思わせるオレンジ色のボックスを開けると、甘い香りが広がる。先生はメイプルキャラメル味がお気に入りで、

「おいしい。おいしい」

とうれしそうにほおばってくれる。このパンに出合ってからパンの見方が変わったらしい。

関東に行くとパンは、薄切りでカリカリに焼く派の人が多いけれど、わたしは分厚くて、中がふわふわのパンが好き。ぜいたくに、厚めに切ったデニッシュを、ほんのちょっとだけ焼いて、香ばしくするのがおすすめだ。でも厚すぎるからかな。いつもちょっとどこか焦げてしまう。マスカルポーネのチーズクリームを塗ったりしてごまかすけど、先生にはいつもバレてしまう。小姑のように必ずパンをひっくり返し、焦げていないかチェックするからだ。

楽しい朝食の時間。先生が苦手な人参をお皿の脇によせていたら、

「残ってますよ」

と声をかけて、食べてもらうようにしている。どんなに小さく切っても、器用によけて食べるので、油断できない。

朝は、仕事の予定などを確認する時間でもある。

「きょうは、朝日新聞の連載が締め切りですよ」

と伝えると、

「え。そうだったっけ」

と初めて聞いた、と言うような顔をしてみせる。

「もうこれで3回目ですよ」

やれやれと、わたしが肩を落とすのを見ると、

「大丈夫よ」

と愉快そうに笑っている。基本的にはガミガミ言わないように気をつけているけれど、連載などの締め切りについては、編集者の方に迷惑をかけてしまうと笑えなくなってしまうので、しっかりしてもらいたい。

朝食が終わると、それぞれの仕事に戻る。わたしは仕事のメールに目を通したり、スケジュールを作ったり。

昼食をとらない先生は、おやつの時間まで、執筆をしたり、送られてきた書籍に目を通したりして過ごしている。わたしはこの間、何度も先生の様子を見に行く。放っておくと、いつの間にかベッドで眠っていたりするからだ。

締め切りまで余裕があるときは、上沼恵美子さんと大平サブローさんのトーク番組『怪傑えみちゃんねる』を見ることを欠かさない。ハッキリものを言う上沼さんの言葉に、

「この人、面白いねぇ」

と言ってゲラゲラ笑っている。

音楽番組を見ているときは、音楽が分からないくせに、

「おかしな衣装だわ。趣味が悪い！」

とか、

「変な歌」

と文句か悪口を言うことも。僧侶なのに、口が悪くて、テレビに向かってずっと話しかけている様子は、そこら辺のおばさんと変わらない。

「ちょっと、ちょっとー」

と呼ばれて行くと、

「ねぇ。いまテレビに出ているこの女優よりも、あんたたちの方がかわいいね」

なんて、ほめてくれることもある。明らかにそんなはずないのに、先生は真剣にそう言うから面白くて仕方がない。ほかの人が聞いてもそう思うよ。

来客の前でも、

「この子、美人でしょう」

とよく知らない人に、自慢されることもある。

身内なのに、こんな風に言われると恥ずかしいし、先生にそう聞かれたら、相手も「そうですね」と言うしかない。これって強制的過ぎる（笑）。

先生はわたしのことを頭の先からつま先までちゃんと見ていてくれて、何かしら毎日ほめてくれる。それはほめないと、わたしが怒るからだと先生は言う。

ナニソレ!!

大相撲が開催されている期間は、テレビの前で声をあげて必死で応援をする。部屋から

「イケー!」

という叫び声が聞こえてくると、

「夢中になってるし。今日は書かないだろうなぁ」

と感じる。書くまでのスイッチはなかなか入らないのだ。

文芸誌『群像』に「いのち」の連載をしていた頃は、わたしは毎月、胃が縮こまるような思いをしていた。執筆時間として締め切り前の10日間は、何も入れないようにスケジュールを組んでいるのに、先生はいつも違うことを始め、関係のない本ばかり読んでいるからだ。

「20日までに、原稿用紙30枚分を書くんですよ!」

わたしが一人ハラハラしていても知らん顔。当の本人は呑気、気まま、ボリボリお菓子を食べている。

リビングを抜けた先にある、書斎まで行かず、寝室で仕事をすることもある。寝室に入った後、おやつの時間でもないのに横にある台所にふらっと入って来るときは、書く気分じゃないか、やりたくないときと決まっている。

「台所に来たなら、リハビリをしましょうか」

と声をかけると、

「仕事、仕事」

と足早に広げた原稿用紙の前に戻る〝フリ〟をする。宿題をしたくない、子どものようだ。最近は見張っていられるように、台所のテーブルで仕事をしてもらうようにしている。

この前先生が、

「私は見張られないと、仕事ができなくなったのね」

と笑っていた。執筆をする際の資料としてよく自分の本を読み返すことがある。そうすると、声を上げてみんなに聞こえるように、

「私ってやっぱりうまいね、本当におもしろい!!」

と自画自賛する。わたしはただあきれて
「ははぁ」

と苦笑いだ。締め切りがいよいよ近くなると、

「先生、もうやばいですよ、『群像』やばいですって!」

とわたしが叫ぶのが決まりだ。

「え、そう?」

いつかの朝の会話が、ここで繰り返される。

ハァ……。

「書くことは、頭の中で決まってるから大丈夫よ」

と先生は言い、

「そんなことできりきりしてたら、命がもたないよ」

と唇をとがらす。

「わたし、もう既に寿命縮んでるんですけど、先生のせいで」

と泣き声を出すと、

「ははは。あなたが寿命縮んで、私が延びる～」

と呑気な答え。でもやっぱりこうじゃなきゃ作家として生きてこられませんよね、納得。

筆は進んでいるかな。先生が大好きなカプチーノを入れて、ひと息ついていただこうかな。机に向かっている先生の背中。後ろからそっと広げた原稿用紙をのぞくと、

「瀬戸内寂聴」

しか書いていない……。そんなときは白目になって、卒倒しそうになる。

「先生。これならわたしでも書けます」

と怒っても、

「執筆のために世の中のことを知っておかないと」

と週刊誌から目を離そうとしない。締め切りが迫っているときは、心を鬼にして
「後にしましょうね」

と取り上げる。

「全部必要なのよ」

と惜しそうに言うけれど、占いのページも必要なの⁉（笑）

わたしは一体誰を相手にしているんだろう？　子どもじゃなくて、95歳の大作家だよね
……？　確か。

「仕事をしていた」

とアピールをするけれど、おやつの時間になると、あの女優と俳優がつきあっている。不倫しているとか、テレビのリポーターなみに詳しいから、雑誌を読んでいたことはバレバレだ。ゴシップ好きなんだよね。

「やっぱり読んでいたんじゃないですか！」

わたしが問い詰めると、

「やばい。バレた」

みたいな顔をするけれど、そのあとは決まって聞こえないふりでやり過ごす。

でも、書くと決めたときの先生は目の色が変わり、話しかける余地はない。書斎に入った途端、筆が止まらず、原稿用紙に向かったまま。

わたしが話しかけても聞こえていない。そっと置いたコーヒーが、一口も飲まれずに冷たくなっている。エンジンがかかるのがいつかは、本人にしか分からないので、それまでこちらは冷や冷やだ。

先生のスイッチが入るまでは、不安で胃炎にでもなりそうな思いだけど、週刊誌を読んでケラケラ笑っている先生の姿はにくめない。やる気が出るまでは、子どもみたいにぐずるけど、書くと決めてからの気迫はすさまじい。唯一わたしができることは、先生が仕事ができるよう集中できる環境を整えてあげることだ。

最近は明らかに書くペースが落ちているから心配だ。締め切りまでに書き上げられなくて、締め切りを延ばしてもらい、何とかギリギリで回すこともある。

新刊が出るからと、依頼された帯の執筆も、昔ならすぐできたものがいまでは3日ぐらいかかってしまったり。先生も自分で昔のようにならないと感じていることを知っている。

昔からお付き合いがある編集者たちから「あれを書いて」「これをして欲しい」とリクエストが増えた。先生曰く、

「私がもうじき死ぬと思っているから、焦りだしたのよ」

と笑っていた。

先生はインタビューも執筆も、来たものはできる限り受けようという考えなので、「はい」と受けると仕事がどんどん増えてしまう。「いのち」で書きつづった作家の河野多恵子さん、大庭みな子さんなど、

「亡くなってしまった人のことは、私にしか書けない」

と先生は言う。これ以上は無理だと思うとき、

「新しい仕事を引き受ける余裕はありません」

と、届いた企画書とにらめっこしている背中に声をかける。先生はスケジュールを把握していないから、締め切りの状況が分からなくて、義理で受ける仕事も多く、簡単に引き受けてしまう。

「あんたは、何でもダメと言う。本当にうるさい」

と文句を言う。

あるときは、わたしに隠れてこっそり編集者に連絡をして、

「大丈夫だから」

と仕事を引き受けてしまい、喧嘩をしたこともあった。

気を張って、元気なように見せていても、本当は元気じゃないことをいちばんよく分かっているのはわたしだ。無理をして仕事を引き受けたことで、後でしんどくなってしまった顔も見ている。そんなときは切なくなる。

何でも反対していると思われていても、いい。憎まれても、それはわたしの仕事のひとつだと思っている。

先生が、

「分かった、断る」

と不服そうに言ったときは、

「わたしはあなたのことしか考えていません」

と伝えている。先生の体力に見合った仕事量にして欲しい。仕事をしたい。期待に応えたいという気持ちはすごく分かるけれど……。

仕事をしてもらう為に、

「早く！」

とけしかけたり、

「すごい！」

とおだてたり。

「今夜はキムチ鍋をやるから、それまでに原稿を終わらせてしまおう。頑張ろう!!」

と食べものでつったりもする。そうすると本当に仕事のペースが上がるんだ！（笑）

どんなときも、いつも全力でサポートしたいという気持ちに変わりはない。

先生のしたいようにして欲しい。

ただわたしは、体力的にスケジュール的に厳しそうだと思えば反対する。忠告をする。

それでもしたいならしてください。

わたしがすべて支えますから！

プロポリスは
がんの予防に
パンが焦げるのは
私が悪いんじゃない
トースターのせい!(笑)
コーヒーは
ブラック
目玉焼は黄身だけほじって食べることも…
なんて贅沢な食べ方なんでしょう!!

第2章 縁

「わたしなんか」という人間はいらない。
あなたはこの世に一人だけなのだから

わたしは１９８８年2月22日、母と同じ誕生日に神戸で生まれた。３姉妹の真ん中で、2つ上の姉は成績優秀。７つ下の妹は、寂庵を訪れたことがあるＥＸＩＬＥのＡＴＳＵＳＨＩさんに、「すごい！」と認めさせてしまった歌声を持っている。豊かな知識、体からあふれるパワー。才能ある自慢の2人に囲まれて育ったわたしだけ、特に「これ」といった自慢になるものは持っていなかった。

わたしはよくおちゃらけていて、いつもふざけて周りを笑わせていた。元気いっぱいの幼少期だった。絵を描くことが好きで、地元の警察が募集していた啓発ポスターに応募して、入賞したことがあった。人形遊びも好きで一人でも好きなように遊べる子どもだった。

母は姉とわたしを比べることはなく、「まなほはよく家の手伝いをしてくれるから助かる」と姉のように勉強ができなくても責めることは一切なかった。「面倒見がいい」というのが、周囲が見たわたしの評価だった。でも本当は、「お願いね」と頼られると、「任せて！」と頷《うなず》いてしまう。強さではなくて、弱さがあった。人の役に立ちたかったし、頼られると、わたしはここにいても良いんだ。居場所があるんだという気持ちになり、心が落ち着いたからだ。手伝いをすることで、褒められる。母が大変そうだからではなく、認めてもらいたいから手伝いを頑張っていたように思う。

元気でしっかり者のわたしだった。妹のことはものすごくかわいがったし、よく面倒を見た。それまで自由に思うがままに生きてきたわたしに中学1年生のとき、初めて壁が立ちはだかった。

もう15年以上前のこと。いま思えば、わたし自身が気分屋だったことも原因のひとつだろう。自業自得と言えばそうなのだ。わたしは好きなようにその時の「気分」で自己中心的な行動が多かったと思う。

当時、学校内で親しかった2人と、よく3人で行動していた。わたしがたまたま放課後先に帰った日があった。わたしに不満があった2人が手を組んで、2人だけではなく、クラスメートを巻き込んで、約半年間、クラス中から仲間外れにされてしまったのだ。わたしが受けたものは、暴力でも持ち物を隠されたり取られたりすることでなく、「無視」だった。いわゆる「ハブられた」ということだ。

いま思えば、学生時代の半年間なんて、アッという間のことだ。次々とハブる標的は変わっていくので、無視していた本人たちもクラスメートも覚えていないような一瞬のできごとかもしれない。

でも、学校と家という狭い社会しか知らなかった当時はそれがすべて。13年間生きていた中で、最初にぶつかった壁だった。毎日、苦しくて、消えたくて、逃げてしまいたかった。親に心配をかけたくないと、誰にも相談できず、孤独だった。

休み時間に同級生たちが、ひそひそ話をしていると、「わたしの悪口を言っているのかな」と感じて、消えてしまいたくなった。10分間が永遠に続いていくような、長い長い時間に感じた休み時間が一番苦痛だった。

遊ぶ友だちがいないので、父に町の図書館へ、休みの日は連れて行ってもらっていた。そこで井上路望《いのうえろみ》さんのエッセイ集『十七歳プラス1』に出合った。

神奈川出身の路望さんは1981年生まれ。わたしよりも7つ先輩だ。メッシュが入った茶髪に、日焼けサロンで焼いた肌、ノースリーブのニットに、ホットパンツ姿で渋谷駅前のスクランブル交差点や、江の島が見える湘南の海辺でポーズを取る写真は、いわゆるコギャル風だ。

派手な容姿は、一度切りの青春を謳歌しているように見える。でも、小さな真っ白い愛犬を胸に抱き見せる笑顔の下には、高校時代に受けたいじめ体験が潜んでいた。

路望さんは『十七歳』という本の中で、無視される息苦しさや、声にできない心の叫びをつづっていた。

「人を信用できない」

「すべてから逃げたい」

いまいる場所が苦痛でしかない。

「息をするのも窮屈」

「気を遣いすぎる自分にうんざり」

路望さんの胸にあった言葉は、まさにわたしの叫びと同じだった。衝撃だった。

思いを書き殴り、自分と向き合い続けた路望さんは、逃げたいのは学校や友だちからではなく、自分自身からと悟った。

そして、18歳を目前にしたある日、自分らしくいられる場所を見つける。それは、「カン、カン」とケーブルカーの鐘が響く坂の町、サンフランシスコ。

名前の通り、「望む路」に向かい、大きな一歩を踏み出していく。

わたしが手にした『十七歳プラス1』の中では、『十七歳』を出版し、目まぐるしく変化した状況。そして、新天地で始まった高校生活などが記されている。

居場所がないと卑屈になっていた心は、周りの温かさに触れ、少しずつ解《ほぐ》れていく。

〝協調性〟という言葉に支配され、オリジナリティーを持つことが嫌われる日本の学校生活では、「髪型が目立つ。言動が生意気」と否定され続けていた。ダメだとされていた個性が、アメリカでは、「路望は、路望のままでいい」と受け入れられ、少しずつ自信を取り戻していく。自分らしく生きると覚悟が決まったとき、縛られていたものから解放された。

17歳から18歳へ。人を信用できないと決めつけていた心は、信用できないことは寂しいと変化する。そして、成長過程が記された詩集。65作の思いの中で、特にわたしの心をとらえたのは、「神様へ」という作品だった。

『神様は本当にいるの？』と始まった文章には、『私がときどき泣いて——きずついて——死にたくなって——そんなとき何してるの？　私のことずっと見ててくれてる？』と神様に呼びかける。

『神様さぼってるんじゃないのって思う。ときどき前が真っ暗になって路が見えなくなっちゃう時があるんだ』と苦しみをもらす。『つかれてもねむくても私から目をはなさないで欲しいんだ。』と書かれていた。

わたしも同じ気持ちだと。

「神様が本当にいるのなら、なぜわたしはこんなに孤独なの？　一人で苦しんでいるの？」と強く神様を恨んで涙があふれた。路望さんの詩はわたしの心を代弁してくれた。

家族の中ではいつものわたしでいたかった。元気でおちゃらけたわたし。まさかいじめられているなんて、口が裂けても言いたくなかった。でもそんなに器用ではないので、自然と自分の部屋にこもるようになっていた。

明らかに以前とは違うわたしを心配した父が、わたしの部屋のドアをたたいて、

「何かあったのか？」

と声をかけてくれたことがあった。

「別に何もないよ」

と言ったけど、父が、

「そうか」

と部屋の扉の前を去った後、

「何かあったよ。もう1回聞いて。何度も聞いて」

と心の中で叫んでいた。本当は言いたかった。

朝が来るのが怖かった。日曜の夜が憂鬱で仕方なかった。毎朝自分を、

「今日は大丈夫！　イヤなことはないよ！」

と励ましていた。学校でも自宅でも、生きている心地がしなかった。唯一ホッとできる自分の部屋では、路望さんのように、はき出せなかった言葉をノートに書き殴っていった。そうしないとこのつらさに殺されてしまいそうな気がしていたからだ。そのときからわたしは自分の思いを書き出し、そして誰かの自分の心を代弁してくれるような言葉をノートに書き込んで自分を励ましていた。

中学2年生になって、クラス替えがあり一緒にいる友だちができた。でも、わたしの心は傷ついたままだった。

路望さんの本を読んだことで、アメリカ、そして英語に興味を持っていた。

中学校で姉妹校へのホームステイのツアーがあり、

「アメリカに行くことができる！」

と真っ先に母に頼みに頼んだ。たった1週間だけだったけれど、ホームステイ先で、温かく迎えられ、路望さんと同じように、個を認めてもらうという経験をした。

英語なんて全然話せなかったけれど、環境が大きく変わり、人々に優しくしてもらえたことが何よりうれしかった。ホームステイをしたことは大きな転機になった。

路望さんと同じように、家と学校だけがわたしの世界を占めていたけれど、そうではないことを身をもって知った。帰国後は、

「いまいるところが、わたしのすべてではない。世界は広いんだ！」

という力がわき、個人を尊重してくれる国や、人への憧れが大きくなった。

「世界はひとつじゃないんだ。絶対に抜け出してやる！」

これまで自分を表現できなかった悔しさ。寂しさをバネにしよう。見聞を広めるため、英語を猛勉強した。親に無理を言って、ホームステイのアメリカ人の中学生3人を家に泊

めたこともあるし、英語のスピーチコンテストにも出た。

「必ず留学する」

目標は、わたしに大きな翼を授けた。

目標ができたら他人なんてどうでもよくなった。わたしはわたしの道を進むだけ。それだけだ。

国際科がある高校を探し、在学中に留学ができるわたしにピッタリな京都・福知山にある高校に進学し、最高の仲間ができ、カナダで1年間学ぶ機会に恵まれた。

「思い続ければ、夢は叶うんだ」

英語は、世界に飛び出すパスポートになる。留学したときに出会った、ドイツ、韓国、カナダ、メキシコなどで暮らす同世代の仲間とは、いまも親交が続いている。世界に友人がいることが誇りだ。

「強くなりたい」

という思いは、このときに生まれ、いまも胸にある。心を閉ざしていたときには、目は見えなく、耳は聴こえなくなればいいと思い詰めていた。たった半年のことで、ただ「無視された」という一見軽いものだったかもしれない。けれどいまも思い出すと、ひりひりするし、じりじりと痛みが襲ってくる。傲慢だった自分の言動を見直すきっかけになったし、この経験はあって良かったと今なら思う。そして中・高校時代に得た成功体験は、わたしの人生を方向転換させた。

人生は自分で選択できるってこと。

京都外国語大学に進学後は、何がしたいのか分からなくなった。ファッションに興味を持ちアパレル業界に入ることを希望し始め、1年間休学した。あんなに好きだった英語が「留学」の夢をかなえたことで、「英語」ばかりな日々に少し飽きていた。休学する理由になったアパレル関係のアルバイトをしたりして、将来の道を考えた。

「長い人生。すぐに決めなくてもいいよ」

母の言葉に救われた。

休学中は、親の援助無しの一人暮らしも経験した。生活費を稼ぐため、朝から晩までアルバイトをいくつもかけ持ちしたりして、お金を稼ぐ大変さを知った。風邪をひき、高熱で苦しんだときは、自分の体のことより「これで給料が減ってしまう」という生活のことが不安だった。

「わたしがしたいことは何だろう」

まずは卒業することが大事だ。復学し、道を模索した。

明るく元気そうに見えるけれど、打たれ弱かった子どものとき。いつも周囲の目が気になっていた。そして、いつも誰かの期待に応えたかった。

「わたしって、一体何があるの？　わたしの才能って⁇」

胸を張って言えない。そのことが自分を苦しめた。

「わたしがわたしでなければもっと楽に生きることができるのに。どうしてこんなに生きづらいのか」

どんなに考えても何も解決策は生まれなかった。

「天真爛漫で、強い意志を持っている」

人が思うわたしと、本当はうじうじ悩んで消えてしまいたいと思っているわたしの間には、どうあがいても埋められないギャップがあった。それなのに人から思われている、わたし像を壊したくなくて、演じようと頑張っていた。でもどこかでそんな自分も知ってほしかった。でも空回りしてばかりで。自分が何をしたいのか、本当の自分とは何なのか、自分のことなのに本当に分からなかった。


就職もあきらめかけていた時、祇園にあるお茶屋「みの家」でお運びのアルバイトをしていた高校時代からの友人が、

「まなほにぴったりのところがある。わたしを信じて」

と声をかけてくれた。友人に、

「これは人に言わないでね」

とクギを刺された。なんだか怪しくて仕方なかった。簡単な仕事の内容しか分からないまま、とりあえず友人の言葉を信じ乗っかった。

でも、わたしが、

「詳細を教えてくれないと、怖くて仕方がないよ」

と友人を問いただすと渋々、

「うちの大切なお客様、瀬戸内寂聴さんの所だよ」

と教えてくれた。


セトウチジャクチョウって誰？

動いている映像を見たことはなかった。そういえば、新聞広告で名前を見たことがあったっけ、とぼんやり頭に浮かんだ。

あぁ、お坊さんか？　何かよく分からないな。うさんくさそう……。

よく知らないけれど、わたしでも名前を知っているということは、「有名人」なんだ！

これって、すごいかも‼

「ここに、かけてみよう」

とピンと来た。


履歴書を送ったのは、２０１０年10月。背骨を圧迫骨折したばかりで療養中だった先生とはなかなか会うことができず。初めて顔を合わせたのは、卒業間際の翌年２月上旬のこと。初めて会った先生は歩行器姿だった。88歳には見えない。年齢不詳だった。

わたしなりに緊張していた。手には汗をかいていた。

「恋人はいるの？」

「はい。います」

「私の本は読んだことある？」

「ありません」

約１時間の面会で話した内容は面接というより、ただの世間話にしかすぎなかった。

「あなたと一緒に食べようと思って、とっておいたの」

大事そうに手にした箱は、ゴディバのチョコレートだった。高級チョコレートを食べたのは生まれて初めて。先生に会えたことより、ゴディバがその日で一番うれしかった。

「21、22歳の初任給っていくらぐらいなのかしら」

「ねぇ、パソコンは使えるの？」

1時間が経過したとき、先生はわたしに、

「3月から働けるわよね。少しずつ慣れていくよ」

と笑った。

「あれ、合格したのかな？」

半信半疑だったけれど、採用が決まったことを知らされた。

後から聞いた話では、病気をしてからは先生も会社をたたもうとか言っていたそうで、状況が変わっていた。スタッフの人たちと先生の間では、断るにしてもわたしと会うだけ会って断ろうと考えていたらしい。先生が病気だということも断られることも何も知らずに、絶対働かせてもらう気満々なわたしだった。

寂庵は、お寺は赤字で、先生の筆一本が頼り。当時は、何十年も勤めている方が5人ほどいて、うち3人は60歳を超えているベテランの方たちだった。

最初はメインの秘書をしていた人のアシスタントや事務をすることになった。ベテランの方の中に、ひとり23歳のわたし。世間知らずのわたしは何もかもが初めてで、毎日必死だった。

　そして入った直後の3月11日、東日本大震災が発生したことで状況が大きく変わった。背骨を圧迫骨折し、歩行器を頼りに歩いていた先生は、地震後、津波に飲み込まれていく町の様子をテレビで見て、

「こうしていられない！」

　と思った瞬間、寝ていたベッドを飛び起きていた。

　それは先生いわく、

「原発ショック立ち」

　というらしい。

「花まつり」の日には、寂庵でチャリティーバザーを開いて収益を寄付。周囲の反対を押し切って被災地に出向くことを決めた。震災で被害に遭った、避難所や仮設住宅を車いすを押されて巡る最中、「地獄絵図」のようとため息。震災前は舗装されていた道も、亀裂が走り、寸断されているところもあった。

　津波で流された家や車。かつては人が暮らしていた場所に、がれきの山が広がっていた。

　壮絶な現状を目にした先生は、

「どうしてこんなことに……」

と苦痛の表情を浮かべた。

思い出を一瞬にして奪われた人たちは、先生の言葉に救いを求めていた。

「夫も家もなくなって。これからどう生きれば」

と頬に涙を伝わせた女性に、

「亡くなった人の魂はこの世でいちばん愛した人が心配で、あなたの傍《そば》にいるのよ」

と語りかけ、差し出した手を優しく包んだ。

「人間が生きていく上で、愛する人との別れは避けられない。私も沢山の人を見送ったの。死に別れることは、最もつらい苦しみだけど、やがてあなたも逝くのだから大丈夫。人はみんな、一人なのだから」

わたしよりもずっと小さな先生。でも話を始めると、とっても大きくてあったかい存在になる。泣き顔を笑顔に変えていく姿を見て、先生のすごさを感じた。

それ以降、出張にはわたしが付いていくことになった。宿や、移動の車、新幹線の車中。時間を共にすることが増えるに従って、少しずつ先生との距離が近くなっていった。

ぐっと縮まったのは、2013年に寂庵に起こった「春の革命」だ。

それはわたしが寂庵に来て3年目。長く勤めていたスタッフ2人が、

「先生も高齢で、自分たちの給料を払うために先生を働かせるのは申し訳ない」

と相談したのが始まりだった。

「辞めたい」という意向を知った先生はスタッフ全員を台所に集めて、泣きながら
「みんなには、私が死ぬまでいて欲しいと思っている」

と言っていた。25歳のわたしと、お堂を任されていた馬場さんを残し、4人一度に辞めることが決まった。

「一人でできる？」

先生に聞かれたときは、だんだん心細くなってお風呂場で泣いた。でも、

「できると言わないと何も進まない」

と腹をくくり、二人三脚で歩むことを決めた。

食事、洗濯、掃除などの身の回りの世話と、仕事の管理。4月からは先生と二人きりで、全てをこなさなくてはいけない。傍にいた2年間で、身にしみてわかった、先生のすごさ。そんな人を背負っていくことができるだろうか。心配で仕方なかった。若いということだけで期待されていたけれど、何も知らないわたしが十分に先生の満足いくようにできるのか、と内心大きなプレッシャーに逃げ出したかった。

相談した父に、

「別に死ぬわけじゃないじゃない。まなほに完璧なんて望んでないよ」

と言われ肩の荷が軽くなった。

「やれるだけやってみよう」

覚悟を決めた。

手探りで始めた新しい生活。４人分を一人でしなくてはと、不安しかなかった。

「25歳の女の子が秘書です」

なんて言ったら、相手にふざけてると思われないだろうか。なめられたくないし、ミスをしても若いから仕方ないと先生の評判を落としたくない。

先生は、

「分からないことは何でも聞きなさい」

と言ってくれた。

「91歳のおばあさま」

とふざけて呼んだこともある。気を遣わずに、何でも言いやすいのか、二人になってからの先生は、よく笑うし、怒ることも少なくなった。

先生とわたしは一心同体。歩くときは、わたしの右手に先生の左手がかかる。握られた力強さ、先生の体温・重さを体で感じると、頼ってくれている。守らなくてはと背筋がピンとなる。最初はぎこちない歩き方だったけれど、いつからか同じ歩幅になった。

二人で張り切りすぎ、少しばかり落ち着いた5月には、一緒にダウン。先生とベッドを並べて、天井を見つめながら点滴を打ったりもした。先生も長年しなかったお料理や洗い物をして、疲れが出たのだ。二人してお揃いのアンパンマンのバンドエイドをしてもらい、思わず顔見合わせて笑った。

「春の革命」を乗り越えていく中で、わたしたちを近づけたもう一つのきっかけが「手紙」だ。

それはわたしが革命が起こる前から、先生に渡していたもの。せっかちな先生は、たまに人の話を半分くらいしか聞かず、結論づけるときがある。人生経験が豊富だから、あるとき20代の女の子を集めて座談会を行ったとき、

「恋愛感覚が随分変わったね」

「最近の若い子は軽いんだ」

と会が終わって、彼女たちが帰った後に、

「中身がない子たちだった」

と決めつけて話をしているのを聞いて、ショックを受けた。

先生の時代と、いまの20代の子たちの恋愛感覚は、確かに大きく違うところもある。で

も、わたしたちも悩んで、本を読んだり、もがき苦しんでいる。その思いを4枚の便せんに正直に書いて、その日のうちに渡した。

意図が正しく伝わらないと感じたときは、誤解されたままにしたくないから、書いて渡すようになった。それだけではなく、先生への想い。感謝の気持ちも口で言えないことをつづった。3年の間に10通以上渡している。

口で言ったら、泣いてしまうかもというときもあった。返事は一度もないけれど、読めば分かってくれると信じている。先生は読んではくれるけれど、内容のことをわたしに言ってきたりはしなかった。

あるとき先生が、

「まなほは文章が素直でいい。手紙がとてもいい」

とほめてくれた。わたしの手紙を読んで泣いてくれたこともあった。

いつか返事が欲しいと心の中で思っていた。でも、執筆で忙しい先生からの返事を期待していなかった。ある日先生が「はい」とさっき書いたばかりの原稿をわたしに渡した。それは『死に支度』の最終章「幽霊は死なない」。その中で、92歳になったばかりの先生から、「モナへ」として記されていた。小説に出てくる「モナ」はわたしがモデルで、先生は小説の中でわたしが先生に書いた手紙を使ってくれ、小説の中でわたしに返事をくれたのだ。

読んでいる間、わたしは涙が止まらなかった。

先生が、

「あんたが泣いてくれる。それだけで十分だわ」

と言ってくれた。

この本はわたしの一生のお守りになった。


「春の革命」から、二人三脚で走ってきた目まぐるしい日々。大変で、心身共に疲れたけれど、楽しかったのは、先生と一緒だったからだ。

わたしは生まれてからずっと人と自分を比べ、居場所がなくずっと寂しかった。ずっと、心が落ち着くことができる場所を求めていた。

「わたしなんか」

が口癖だったわたしを、

「わたしなんかという人間はいらない。あなたはこの世に一人だけなのだから」

ときびしい表情で叱ってくれた。先生に怒られてびっくりしたけれど、怒られてうれしかったのは人生初めてだった。

寂しくなったとき、振り返るといつも先生がいた。生き仏のように扱われる先生を、

「おばあさま」

と親しげに呼び、

「失礼なことばかり言ってる」

と知らないおじさんに怒られることもある。でも先生のことを本当に尊敬している。

「あなたと私は、縁があったから出会ったのよ」

「縁」って本当にあるんだと心から思える。

たくさんの人が、見守ってくれているから、先生と笑うことができるいまがある。ひとりじゃないって思える。

本当に苦しい胸の内はわたしには明かせないかもしれないけれど、先生が好き勝手なことを、気軽に話しかけることができる存在でいたい。いじわるだって時々なら許してあげる。

先生はわたしの最強の味方だよ。

わたしが命を懸けてでも守りたい人。

先生が笑っていてくれるなら何だってしてあげる。

適した仕事なんて分からず、自分に自信がなかった。こんなわたしを見つけてくれ、そしていつもわたしを見ていてくれる先生に感謝している。

すごい好きな人を支えることができるいま、これがわたしの天職だと胸を張って言える。

先生からの手紙の返事にあった、わたしの結婚式にイケメンを連れて参列するという〝ささやかな願い〟を早くかなえてあげたい。

先生は〝いらち〟だから、

「待てなかったよ」

と言って死んでしまいそうだから。

でも先生、もう諦め気味だよね（笑）。

大学の卒業式の後に

第3章　一生現役

書くことに命をかける

「書くことは快楽」

と言い切った先生は、28歳のときからペン一本で生きてきた。


尼さんとしか先生のことを知らなかったわたしは、先生が「作家」ということを傍《そば》につくようになってから、思い知ることになる。毎日締め切りに追われ、年に何冊も本が出る。原稿用紙に万年筆で今も手書きだ。指の何本かはペンを持つ癖がつき、真っすぐに伸びない。最近では手がしびれることもあり、もうペンを握れないのではということもある。

400冊以上この世に本を送り出している先生は、今も現役作家として新聞の連載、文芸誌など様々な仕事の依頼がひっきりなしにきている。

「95歳で現役で物書きって私ぐらいじゃない？」

と言う先生は少し自慢げで、そうかと思えば
「もう95歳にもなって書き続けているのはみっともないんじゃないかな」

と言うときもある。病気の間も、

「書く気が起きない」

と言い、一生書かないつもりのようなそぶりを見せるけれど、復活した途端、前と同じように書き始める。

先生はわたしとの何気ない会話もいつのまにか小説に使っていたり、ふと忘れてしまう

ようなこともしっかりキャッチしていて、それを書いてしまう。わたしが気にも留めない話も、それを題材に膨らませ、一つの物語を書いてしまう。

何を書こうとあらかじめ決めているわけではなく、書いているうちにどんどん浮かんでくるとのこと。およそ70年間、書き続けているといつのまにかアイディアやネタなどなくなってしまいそうなのに、泉のように湧いてくる。これも才能か。

5歳上のお姉さんの影響で小さいころからたくさんの本を読んでいた先生。小学校ではつづりかたがうまいとほめられた。2人のいい先生にも恵まれ、放課後特別に先生から教科書以外の本も読まされる機会も。それは白秋の詩集だったり、藤村の童話だったりした。小学三年生には難しすぎるものも次々に読まされ、アンデルセンやグリムも読んだ。その担任の先生によって思ったことを書く方法を教わったり、空想の世界を文学にすることを教わったそうだ。学歴より、家事手伝いやいい奥さんになることを重視されていた時代に、学校内で先生だけは、

「小説家になる」

と決めていたらしい。

女学校を出て、東京女子大に入学し、繰り上げ卒業後9歳年上の学者とお見合いをして

結婚。結婚後北京に飛び、子供を産み、23歳のとき終戦を迎える。1年後に家族みんなで日本へ引き揚げ帰国。小説家になる夢など忘れていた25歳のときに、夫の教え子でもある4歳年下の涼太と初めての恋に落ちる。その恋が理由でもあるし、忘れていた小説家に対する思いが沸々とわいてきたのも理由で、26歳のときに「小説家になる」という表看板をかかげ、子供と夫を置いて家を出る。家を出て無一文で友人に借りたわずかなお金で鈍行の汽車にのり、京都の大学時代の友人の家へ。それから京都の大翠《だいすい》書院に勤め、そのあとも京都大学付嘱病院の小児科の研究室で働く。暇な仕事だったため、その間に本を読み漁り、先生が小説を本気で書くきっかけとなったテレーズ・デスケルウの本に出合う。それから小説家志望のあつまりの同人誌に加わることになる。

28歳のときに三島由紀夫へファンレターを書き、ペンネームをつけてもらい「三谷晴美」の名前で雑誌『少女世界』に少女小説『青い花』を掲載し、初めての原稿料を貰う。そこから先生は少女小説や童話を書き始めることになる。

30歳を前に出会った小説家・小田仁二郎氏により、先生の小説家としての内部に眠っていたさまざまな可能性を導き出されることになる。のちに彼とは8年間の不倫関係を続けることになる。『夏の終り』は、小田仁二郎氏と家を出るきっかけになった年下の涼太とのことを書いた私小説だ。先生の本の中の代表作とも言える。２０１３年に映画化された際には、満島ひかりさんが主人公を演じた。

先生はいつも何事にも一生懸命に取り組む。いまでも何事も手を抜かないし、妥協しない。自分の昔書いた小説を今読み返しても、

「うまいね」

と自分で感心している。

35歳のときに『花芯』という小説が「子宮」という言葉が何度もでてくることや、「ポルノ小説で自分のセックスを自慢している」などの匿名酷評を受け、文壇から5年も干されることになる。

「当時の悔しい思いがいまでもまだ残っている」

と先生はよく言う。

6年間、『新潮』では一度も小説は書かせてもらえなかったし、ほかのどの文芸雑誌からも見捨てられたその経験があるからこそ、今でも仕事を頂くことがありがたいと言い、基本的にどの仕事も断りたくないという気持ちを強く持っている。その『花芯』という小説を私小説ととられている誤りこそが、一人称を使えば必ず私小説と読まれるというバカげたことが、先生が何よりも思いがけないことであった。

怒った先生はその当時の名編集者、新潮社の斎藤十一《じゅういち》氏に面会を申し込みに乗り込んだ。泣きながら

「あまりにもひどい匿名酷評ばかり出ますから『新潮』に反論文を書かせてください」

と直訴する先生をまじまじと見つめ、斎藤さんはこう言った。

「だめだね、あんた。そんなことじゃ、小説家としてののれんをかかげた以上、書いたものを何と叩かれたって仕方ないよ。小説家なんてものはね、自分の恥を書きさらして銭とるもんだよ。人非人の神経にならなくちゃ。あんたの怒っているのはまっとうな人間の神経だよ。覚悟が足りないね。出直すんだね」

先生はそのときの心境を、

「私は頭から水をぶっかけられたように思った。そしてなるほどそんなものかと思った。以来、私は死んでも小説家としてののれんをはずすまいと決心した」

と、のちにエッセイ『極楽トンボの記』で書いている。

『花芯』で悪口をさんざん言われたとき、

「こんちくしょう、今に見てろ」

と負けない気持ちでいっぱいだったそうだ。

先生の今もなお小説を書き続けている想いはそのときの経験が大きく影響している。

わたしはその話を聞き、「小説家」っていったいなんなんだろうと思うようになった。もしかしてわたしが思う以上にすごいものなのかもしれない。身を削って、命が燃え尽きるかの如く、書き続ける。小説の魅力とは。

先生に聞いてみた。

「小説家とは文章で表す芸術家」

と教えてくれた。ないものを文字で表す。読み手を意識して書くことはなく、先生はいつも自分のために自分の好きなように書いてきたと言う。

「先生って本当に明るいよね。わたしはネガティブだから先生が羨ましい」

と言うと、

「確かにそうかもね。どんな状態であろうが、絶望って感じたことないのよね。基本楽観的なの。死ぬわけじゃないしって思うのよね」

と先生は言う。確かに先生はいつも希望を忘れてはいなかった。着の身着のまま家を出たときであっても、十分に食べられず、栄養失調になり、暖房がなく、食料が乏しくても、

「こんな生活は一時的なもので、私の本来の生活ではない。いつか必ず、私は私の本道へ出て、明るく日の照り輝く白い道を歩いていくだろう」

と信じていた。

先生は自分のことを何よりも信じているのだと思う。「自信」があるということだ。きっと悔しかったことも、悲しかったこともたくさんあったに違いない。でもいつのときでも絶望せず、自分を信じてきたのだと思う。

ただ、先生の人生を調べてみると何度も「自殺」しようとしていたことがわかった。子供を置いて家を飛び出した頃の日記にはまるで「自殺願望日記」と言ってもいいほど、どのページにも自殺の方法や、場所や、時や、あらゆる詳しい計画などが書かれてあった。自分自身の死を何度も願ってきた。

そのときに限らず、先生の本には私小説ではないかと思うような自分の心情を書きだした小説がみられる。先生は書くことで命を繋いできたのではないか。書くことで自分の中の理由《わけ》のわからないことを整理し、客観的になれるそうだ。

「書けばわかってくるのよね。わからなかったらわからないって書くし」

そうやって、現在、過去を書くことで生き延びてきたんだ。先生は自分のために書いているんだ。書かなきゃ死んでいたんだ。

そして先生はこう言った。

「私は何がなんでも小説家にならなくてはいけなかったのよ。表向き小説家になると言って『行かないで』と言えないような4歳の娘を置いて家を出たでしょう。その子のためにも、何がなんでも小説家にならなくてはいけなかった」

先生の本来の考え方は作家は「孤独」であるべきだと思っている。結婚していたり、家族がいることもなく、ただ一人で書く。一人だからこそ書ける。だからこそ先生は「ひとり」にこだわり続けるのかもしれない。

そして先生はいつも、

「自分は幸せになってはいけない」

と思い続けている。

先生のいままで書いたものの一覧表を見ると、いつ寝る時間があったのか、というほどたくさんいろんなところに書いている。出家する直前まで仕事をしていたというのだから驚く。

作家・瀬戸内晴美から僧侶・瀬戸内寂聴へと51歳で出家する前は俗にいう「流行作家」だった先生。売れに売れて、お金もたくさん稼いでいた。

何千回と聞かれたこの質問をわたしは先生にしてみた。

「なぜそんな一番いいときに出家という道を選んだの?」

「いつもそれを聞かれるけど、更年期だったのかとか、いろいろ言ってはみるんだけど、一言では言い表せないのよね。そういう神秘的なものがあるのだと思う、出家するということは。言葉で表せられるようなものではなくて、導かれるというか」

「でも先生はもっといい小説を書くためのバックボーンがほしいと言ってたでしょう？出家してから書くものは何か変わった？」

「そうね、やっぱり変わったわね。出家したことで『釈迦』や『秘花』を書くことができたしね」


「流行作家」ということがもう嫌になっていたから、出家していなかったら自殺していたと聞いたことがある。

「出家する前に住んでいたマンションから何度も飛び降りようと思ったことがある」

って聞いたと昔の友人の方は言っていた。それくらい先生は切羽詰まっていた。

知り合いの編集者の方が言っていたのは、「流行作家」は売れる作家だから出版社も大切にするしちやほやする。ただ批評の対象にならない。なので純文学ではない。誰からも批評されることもなく、ちやほやされお金を得る。それが先生は嫌になったのか。先生は出家する前は俗にいう「流行作家」だったと、その方は言った。書いて書いて書きまくっていた。

出家することで小説が書けなくなるとは思ってはいなかったが、前のようには仕事はできないから減らすつもりでいた先生。

「小説家と僧侶の二足の草鞋《わらじ》を両立できるかはやってみないとわからない」

と当時、先生は思っていたそうだ。

しかし、出家してから仕事は減ることはなく、以前にもまして忙しくなる先生。自分の息子のような若い年下の僧侶たちと修行をし、京都の嵯峨野に寂庵を結び、法話や写経を始める。そして65歳のとき岩手県の浄法寺町にあるつぶれかけているお寺の住職を任される。毎月通い続け、見事復興される。２０１７年、晋山《しんざん》30周年の大祭では５０００人以上の人を集めた。そして天台寺の住職になった頃と同時期に敦賀女子大学の学長を務めたり、講演も含めほぼ日本中を飛び回っていた。

先生は目まぐるしい人生を送っている。出家したことにより、自分の「快楽」である執筆だけしていればいいわけではなくなり、「義務」という僧侶としての務めを今もなおし続けている。

わたしがいつも見ているのは小説家の瀬戸内寂聴。新幹線でわたしが眠っている横で原稿を読んでいる先生。出張先でもわたしには休んでいいよと言って、自分は机に向かって執筆する先生。

書き始めたらわたしがそばにいることなんて気づかなくて、持ってきたコーヒーにも手を付けず、いつのまにか冷たくなっている。話しかける雰囲気でもなくて、まるで書斎が異次元になったようで、先生の書くときの空気は張り詰めている。

どんなときもペンを離さない。病気のときの辛い気持ちや苦しい思いもすべて小説にしてしまう。


先生はまるで生きている化石みたいで、谷崎潤一郎や三島由紀夫、川端康成、松本清張、遠藤周作などの名だたる名作家たちと交流をしてきた。家族のように親交のある作家の平野啓一郎さんはいつもそのことをとても羨ましがっている。わたしなんて単純だから、その名作家たちがまだ近い過去に生きていたことに驚いた。先生、すごい。日経新聞で連載していた『奇縁まんだら』には先生が今まで会ってきた有名な人たちのことを書いている。

先生は本当にたくさん人に出会ってきて、その人たちと並んで書いてきた。

先生は小説だけでなく、評伝もたくさん書いている。よくある小説に書くモデルに名誉棄損などで作家が訴えられるような事件が先生の場合は起こったことがない。それも先生がいつも愛をもってその人のことを書いているからだ。

そして誰もが知る「源氏ブーム」を作ったのも先生だ。与謝野晶子の源氏物語を初めて読んだのは先生が女学生の13歳のころ。先生が70歳になって源氏物語を訳す人になるなどと誰が想像できただろう。与謝野晶子が『新訳源氏物語』三巻を初めて刊行したのが34歳のとき。そのあと谷崎潤一郎が『源氏物語』の訳にとりかかったのは49歳。そのあと円地文子がとりくんだのは62歳になってから。先生が訳し始めた70歳というのは日本で最高年齢だということだ。6年かけて訳し上げた。わたしの友人も先生の現代語訳を読んでいる人が多い。一番わかりやすく書いてあると売れに売れたらしい。先生が今こんな呑気でいられるのも源氏物語が大ヒットした印税のおかげだと言う。最も儲けたのは出版社の講談社らしい（笑）。講談社のビルから先生の源氏物語の大きな垂れ幕が下がってたぐらい。

ただ、わたしは文学からほど遠かったのか、その当時何をしていたのかわからないけれど、そのブームを全く知らなかった。先生の他の本を読んでいなくても、源氏物語は読んでいる人の多さに驚いてしまう。70歳から訳にとりかかるということはものすごくエネルギーがいることらしく、先生はその間、何度も「死ぬ」と思ったことがあったそうだ。

先生のこの人生はおいしいものを食べたいということでもなく、富を得たいということでもなく、いい家に住んだり、高級品を持ったりすることよりも、何よりもいい小説を書きたい、ただそれだけだった。

いつもいつもいい小説を書きたいという気持ちだけで今も生きている。

「私はもうしたいことも、食べたいものも、行きたい場所もすべてかなえたからもうないの。だからいつ死んでもいいの」

と先生は言うけれど、決して、

「もう書き尽くしたからこれ以上小説書く必要はない」

と言ったことは一度もない。体力的にだんだん厳しくなってきて、前のように執筆の仕事もさっさとこなせなくなってきている。でも、わたしや編集者の方も誰も先生にペンを置くようにとは勧めない。

「先生は小説を書くためのバックボーンが欲しいため、出家したでしょう？

今はそのバックボーンはできましたか？」

と聞いてみた。

「できてなかったら今まで小説書けてなかったわね」

と先生は答えた。

95歳になった今でも先生は成長できると信じている。小説を書けなくなったら死んだ方がましだとも。自分の小説に未だ満足しきっておらず、もっといいものが書けると思っている先生。

先生の小説は今でも衰えることもなく、人を魅了している。若い作家の方も先生を尊敬しているし、また先生も若い作家の方に刺激を受け、ますます書きたくなっている。

先生、これならきっと最期、ペンを持ったまま死ねるね。先生は死ぬまで作家だね。

生まれる前から先生は作家になることが決まっていたのだと思う。先生の血はいつのまにかインクと混ざって、それが原稿用紙を埋めていく。

わたしはいつも先生の書く姿を横から、後ろから見て、なんとも言えない気持ちになる。

先生がいつもの先生じゃないみたいで、いつものような可愛い先生じゃなくて、なんだか怖くもなる。

先生は一生現役作家でいるだろう。

最期までペンを離さず、書き続けてほしい。

第4章 戦争、そして覚醒

自分がやろうと思えば何だってできる

「青春は恋と革命だ！」

と先生はよく言う。

95歳になった今でも、先生を突き動かすのは、

「自分で見聞きしたことを信じる」

という強い気持ち。その信念は、幼少期から持っていたものではなく、日本が降伏を公表した１９４５年8月15日に、胸に刻まれた。


先生はずっと戦争反対を唱えている。

「お釈迦様の言葉で『殺すなかれ、殺させるなかれ』という言葉があります。いかな理由があれど人が人を殺してはいけません。戦争にいい戦争などない」


わたしは今まで世間のニュースにあまり関心がなかった。いつも他人事《ひとごと》だったし、自分の家族、友達が元気で平和であればそれでいいと思っていた。世界で様々な悲しいことが起きてもそのときは一緒になって悲しむけれど、すぐいつもの日常に戻って涙もいつのまにか止まっている。政治に関しても、政治家に任せればいいと思っていたし、ましてわた

しが何か言ったところで相手にされないことはわかっていた。わたしはわたしの人生を生きるだけ。人類の一人とか、日本国民とか、兵庫県民とか、そんなこと意識さえしていなかった。わたしはこの両手ほどの半径の中で生きていた。それがわたしの世界だった。

先生と出会い、あまりにも世間知らずだったことを思い知らされることになる。新聞もテレビ欄しか見ないし、時々四コマ漫画を読むくらいで、日本で何が起きているかなんて知ろうともしなかった。そのことが恥ずかしいとも思っていなかったわたしは先生の起こす行動にただただ圧倒されることになった。

２０１１年、わたしは大学卒業後、寂庵に勤めるようになった。その3月に発生した東日本大震災、そして、原子力発電所の事故があり、9月から先生と親交があるノーベル賞作家の大江健三郎さんらが脱原発を訴える署名活動「さようなら原発１０００万人アクション」を実施していた。先生は政権を批判する様子が新聞に掲載されていたり、テレビで様子が放送されると、食い入るように見ていた。

そして翌年、7月16日に東京・代々木で開かれた「脱原発」を訴える大規模な市民集会「さようなら原発10万人集会」に、呼びかけ人の一人として大江さん、音楽家の坂本龍一さんら9人で登壇することになった。

その前年に歩行器を使っていた先生は半年間寝込んでいたせいで足がめっきり弱くなってしまい、一人でさっさと歩けなくなっていた。それなのに、東日本大震災では自分の体に鞭を打ち、東北の被災地へ飛んで行った。そしてまた今回も暑い夏の中、東京へ行くというのだ。デモや集会自体全く参加したこともなかったし、興味も関心もなかったわたしは少し怖くなったのを覚えている。

それまで街中を列になって歩いている人を見かけたことはあっても、それが「デモ」だということを認識したのは、先生と知り合ってからだ。

わたしの世代では「学生運動」や「ストライキ」などは無縁で、言葉は聞いたことがあってもそれは遠く昔の時代な気がして、わたしはその行動を起こす理由も、たとえわたし自身、何かに不満があったり希望があったりしてもどこに訴え、どうすればいいのかさえ知る由《よし》もなかった。「声をあげる」という行動が自分たちの意思表現だということも全くピンときていなかった。そして本当言うと政治的なことには一生関わりたくなかった。

政治的なことに参加するのはこれが初めてだった。代々木には主催者発表で17万人もの人が集まっていた。

「90のお婆さんは足手まといになるから寝てろって注意をしてくれた人がありました。でも、冥土のみやげにみなさんが集まった姿を見たかった。大逆事件などの歴史や、女性の『青鞜《せいとう》』の運動を書いてきたのは、100年前の日本には人間の自由を奪われた時代があったから。自分のためではなく、人のために新しい政治をしようとしたら、全部捕まって何もできない冬の時代もありました。今、私たちは、何不自由なく暮らしているけれど、それは過去の人たちが苦労して、人間の自由を守ってきたから。私たちの集まりを首相が聞くこともしない。90年も生きていると、いくら集まっても政府には届かないと懐疑的な気持ちもあるんです。でも私たちは集まらなくてはいけない。政治に対して言い分があれば口に出して言っていいし身体《からだ》で表していいんです。たとえむなしいと思うときがあってもめげないでいきましょう。人間が生きるということは、自分以外の人のために少しでも役に立つか。自分以外の生き物を幸せにするか、そのために命をいただいているのだと思います。これは私たちだけの問題ではなく、国中の問題、世界に繋がる問題です。悪いことはやめてくれと、相手が聞かなくても言い続けましょう」

炎天下で約5分の間、先生はマイクスタンドを握りしめて叫び続けていた。

その背中をわたしはずっと見ていた。先生の声は確実に人々に届いていて、「そうだ！　そうだ！」と賛同するまるで叫び声のような大きな声が沸き上がった。わたしは何万人もの人を見て、

「こんなにたくさんの人が皆思うことはただ一つなのに、なぜそれが政府に伝わらないのか」

とむなしさがこみ上げてきた。

「この声聞こえませんか？　こんなにみんな必死なのに」

弱気になったわたしを見透かしたように先生は、

「おかしいと思うことは、おかしいと声をあげなくてはいけないのよ」

と言った。そのとき、わたしは「声をあげる」ということの重要さを思い知った。

スピーチの間、

「何で90歳を過ぎて、先生がこんなことしなきゃいけないの？」

と思った。でも、その答えはすぐに出た。

「わたしたち若者がやらないからだ。わたしみたいな呑気な無関心なものがいるからだ」

自分が世の中のことを何も知らずにのうのうと生きてきたことを、初めて心から恥じた。

２０１４年１月末から２月の頭にかけては、東京都知事選に立候補した細川護熙《もりひろ》さんの「脱原発」に共感し、支持することを表明し、各駅前の街頭演説などに小泉純一郎さんとともに応援団として駆けつけた。東京で２月にあった個人演説会では、

「私は今満91歳。現在も現役で小説を書いています。70歳から始めた『源氏物語』の現代語訳は、完全にできたのは76歳の年。いまの細川さんと同い年です。訳した後もジッとしていたわけじゃなく、世界中に広めるため欧米を駆け回り、宣伝をいたしました。だから76歳の細川さんなんて、まだまだ若い。人前に出て話していると、みなさんからエネルギーをいただいて、しわも伸びどんどん若くなるんです。『年寄りは引っ込んでろ』なんて言う人もいるけれど、年寄りは長く生きてきた経験や知恵があるから、利用しなければ損です。細川さんに対して、なんでいまさら政局に出るのか、『殿、ご乱心』なんて書き立てるところもあるけれど、このいまの時代、乱心しない方がおかしい。乱心した勢いで、本当に正しいことをやらなければ日本は変わりません。政治は己をなくして、国民のために尽くすもの。仏教では、『己を忘れて他を利するのは、慈悲の極みなり』という『忘己利《もうこり》他《た》』という言葉があります。自分の幸せをおき、人様の幸せのために尽くすこと」

と経験を交えながら、20分間にわたって立ったままスピーチ。

「私も乱心しております」

と冗談とも本気とも取れるような発言には、会場から笑いが起きていた。

寒い雪がちらつく中、先生はずっと立ったまま街頭演説をした。見ている人が心配になるほど先生は老体にむちをうって話し続けていた。

この年の5月からは、腰椎の圧迫骨折、胆のうがんの手術で長期療養に専念した先生。翌年4月8日の花まつりで無事復帰することができた。

療養中は寝たきりで何もできず、はがゆい思いをしていた先生。

学生政治団体のSEALDs（シールズ）が現れたことで、先生は希望を持っていた。まさか、こんな若い子たちが出てくるなんて。SEALDsが国会議事堂前で、安倍政権に反旗を翻すのを見て、

「私も行くわ」

とつぶやいた。5月の連休に予定していた、岩手・天台寺の青空法話は「遠方で体に負担がかかるから」と見送っていたので、

「え、何言っているの⁇」

と先生の顔を思わず見つめてしまった。

一応反対はした。ただ、行くと決めたら聞かない先生。急いで新幹線やホテルなどの手配を整えた。

「誰も誘わない。一人で行く。何かの拍子で死んでもそれは自己責任だから」

その顔はもうブレない、誰の言うことも聞かない、そんな強い意志と闘争心に溢れていた。

「これが先生だ」

とわたしは本当の先生を見た。体が何よりも心配だったけれど、先生が戦闘モードに入り、わたしにもその生き生きとしたエナジーが伝わり、血が騒いだ。

国会議事堂の前で行われた安全保障関連法案に反対する市民団体主催の集会に参加するために上京した。先生が行くと言い出してから2日後のことだった。

車いすを押し、人垣をかき分けて二人で中央に進んだ。四方から取材カメラのマイクが93歳の先生の小さい体に向けられた。マイクを渡された先生は、車いすから立ち上がって真っすぐ前を見つめて言った。

「昨年1年病気をして、寝たきりでした。まだ完治していないけれど、最近のこの状況を見ると寝てなんていられない。このままでは日本はダメだと思いここに来ました。私は大正11年の生まれ、戦争のまっただ中に青春を過ごしました。前の戦争のときに、戦争がいかにひどく大変なのかを身にしみて感じています。引き上げで焼け野原になった故郷・徳島を見たときに、この戦争は天皇陛下のため、日本の将来のため、東洋平和のためと教えられ、信じてきたけれど、戦争にいい戦争も悪い戦争もありません。殺し殺されるのが戦争。決して戦争を繰り返すまいという思い。ここに集まった方も同じ気持ちだと思う。その気持ちを他の人、特に若い人に伝え、若い人の将来が幸せになるよう進んでほしい」

と5分間訴えた。思いを託すように、二度先生が頭を下げると、聴衆が大きな拍手で先生の気持ちに応えた。


「先生お疲れさま」

と声をかけると、

「うん。疲れたわ」

といつもの表情に戻ってそう言った。

「先生。病気も治ってないのに、京都から国会まで行こうだなんて、思いつかないよ普通は。でもそうやって行動する先生の精神が素晴らしい」

としみじみ感じた。本人はけろっとした顔で、

「うん。だって、私の人生、いままですべて自分の意志で何もかもしてきたのに、今回だけ何もしないなんておかしいじゃない。いまの歳（当時93歳）でも、自分がやろうと思えば何だってできるのよ」

と言った。

「日本中の年寄りを集めて座り込みでもしたら、高齢者だから調子が悪くなって急変して一人か二人死ぬでしょう。無理をやって、年寄りが死んだらちょっとした騒ぎになるでしょ

う。マスコミも放っておかないと思うの」

と笑って見せた。この小さな体のどこから力がわいて出てくるのだろう。

「でもね、私変わるなんて思っていないの。こんなことをしても安倍政権の暴走を止められるなんて思っていないのよ。安倍さんは民衆の声を聞こうともしないでしょう？　だけど何もしないのはダメよ。戦争法案の成立に反対をしていた人がいたということは、歴史に刻まれるでしょう」

先生の潔さに、胸が熱くなった。わたしはこれまで座り込みを見たら、「怖い」とか、デモを見たら「関わりたくない」と思っていたけれど、

「おかしいことはおかしいと声をあげる」

その大切さ、実る実らないの問題ではなく、まず、声をあげ、意思表示をする重要さ、それを先生から教えてもらった。黙っているしかない、むしろ自分は関係ないというわたしの考えが一瞬でひっくり返った。

先生の行動はすべて「自分」に向けてではない。

いつも誰かのために、動いている。

仏教徒として、作家として自分の意志を示し続ける義務があると先生は言う。

先生を動かす力。それは覚悟をし、どんなときも自分を信じるということだと思う。伊藤野枝など、革命を起こしてきた女たちを書くことで養われた「直感力」で、信じた道を進み続けている。政権に対して自分の老後を守るために、「年金を守れ」とか、安定を求めているわけではない。

先生は湾岸戦争では戦争が一刻も早く終わるように祈りを込め、8日間の断食をした。まだ危険を伴うイラクへ救援カンパとカロリーメイト、薬などを持って行った。そのときはさすがに生きて帰れないかもと覚悟したらしい。

阪神・淡路大震災では震災直後にすぐ京都から歩いて被災地を見舞った。イラク攻撃の際は「反対イラク武力攻撃」という意見広告を自費で高額な新聞広告料を払い掲載した。東日本大震災では病気後すぐ被災地へ飛んで行った。

先生はいつのときでもじっとはしていなかった。

先生にとっての大きな転機は、戦争だった。敗戦を機に、昨日まで絶対としていた天皇や国家に対して、打って変わって耳にすることが変わっていった。信じていたものが、色あせていく体験は、先生の根幹を変えた。

「私はもう過去に教え込まされ、信じ込まされていた何物も信じまいとかたくなに心を閉ざしていた。これからは自分の手で触れ、皮膚で感じ、自分の目で確かめたもの以外は信じまい。情熱を傾けられるものを信じよう」
先生は、終戦の日に覚醒したのだ。

「90歳を超えた私は、間もなく死ぬけれど、子どもや若い人たちの未来をつぶすようなことをしてはいけない」

２０１６年の参院選前には、ＳＥＡＬＤｓに所属していた21、22歳くらいの女の子たちと、新聞の企画でガールズトークを展開した。いまどきの見た目。彼氏もいる普通の女の子たちだったけれど、自分たちの将来について考えるため、女性の権利について声をあげていた先輩たちについてよく勉強していた。中でも印象的だったのは、『青鞜』などに目を通したことがきっかけで、伊藤野枝のことを知り、先生が野枝について書いた『美は乱調にあり』に行き着き、先生の本を読んでいたことに驚いた。
いまは日本国民なら18歳になれば男女問わず、選挙で投票する権利があるけれど、その当時は、女性に参政権はなく、声をあげることも許されなかった。女性の自由や自立、解放。先生が今に伝えたいことは、みんな本に刻まれている。

「貞操や伝統、道徳に縛られないで。変わることを恐れてはいけない」

体験から来る先生の言葉は重く、みんな黙って聞いていた。

「1941、42年ごろの日本に似ている」

と先生は言い続けている。言い続けなければ口をふさがれてしまうから。戦争は、わたしたちが知らないところで始まっている。それを体験したから、若い人たちの未来のために、先生は声をあげ続けている。


政治に興味がなかったわたしだけど、今は社会的なことを知ろうと新聞を読んだりして、少しずつ自分の考えを持つことができるようになった。わたしにとっての覚醒は先生と出会ったこと。

先生の背中を見て学んだことを自分の肥やしにして、強くしっかりと自分の人生を生きらなくてはと思っている。先生の行動力にはただただ圧倒され、

「なんで、こんな体で無理してデモなんて行くの」

と今でも泣きたくなる。でも今ならわかる。それが先生だから。誰に何を言われようと、自分の想いを貫き、たとえ一人でも声をあげ続けるんだって。

わたしはそんな先生の姿が眩《まぶ》しくて、震えてしまう。

大切なものは何か、それを先生にいつも全身で教わっている。

先生、20歳のお見合い写真

第5章 寂庵の食卓

お肉食べないと、書けない

わたしと先生が出会ってから7年。先生はこの間に、二度の大病をした。先生の体調を気遣い、一日二度の食事では、野菜をよく摂ってもらうように心掛けている。

食べやすいように、きょうは温野菜にしよう。電子レンジでトマトを温めたら、真っ赤な果肉が大爆発。何が起きたのか一瞬分からなかった。

「まなほは料理も運転も下手」

〝ときどき〟失敗をすると、先生はすぐに、わたしが何もできないと決めつける。本当にかちんとくる。

2013年3月、それまで10年以上勤めていた事務所のスタッフが25歳のわたし一人を残して一斉に辞めた「春の革命」の後、先生のスケジュール管理から、食事作りまで一手に引き受けることになった。

出会ったばかりのころの先生の朝食は、基本和食だった。日替わりで出る焼き魚、豆皿に載った昆布、梅干し、らっきょうなどたくさんの品数の朝食を見て、まるで旅館の朝ごはんみたい！

「パンにしてみませんか？」

提案すると、

「ええ？」

という顔をしたけど、

「うん」

と頷《うなず》いた。しめた！

わたしは大好きなグランマーブルのデニッシュパンを用意した。プレーンのものから、大好きなチョコレート入りのもの。朝から甘い香りに包まれ夢みたい。お店には、季節ごとの限定品もあり、夏にはパイナップルの果肉やココナッツが練り込まれたものがショーケースに並んでいた。

「どれにしようかな？」

と完全に自分の好みでチョイスする。

「おいしい！」

と頬張る先生。

「あんたが来るまではパンなんか食べなかったけど、パンもいいわね」

他にはプロポリスとブルーベリーソースをかけたヨーグルト。梅干しは果物に、お漬け物は野菜サラダ、おみそ汁は帝国ホテルのコーンスープに変身した。時々、野菜ジュースも。頭をしゃっきりさせるために、コーヒーも欠かさない。

「パンなんて、あんまり好きじゃなかった」

と言っていたけど、いまでは、

「切らさないでね」

と言うほど。毎朝の食卓で大切な存在になっている。グランマーブルは、京都と大阪にしか店舗がないので、編集者の方に会うため東京に出向くとき、お土産にするととても喜ばれる。

お風呂の支度をして先生を起こし、入浴中に朝食の準備をする。わたしと二人だけのときの朝は特にゆったりとしている。わたしも一緒にいただくことも。

食卓を囲み、

「いただきます」

と手を合わせる。フォークを持つ前に、先生は人差し指でサッとパンをひっくり返す。

「やばい」

他のことも同時進行していると、いつもどこかしら焦げてしまう。だからばれないように、焦げた方を裏側にしてお皿に載せておくのに、先生はそれを確認するのだ。わたしが悪いんじゃなく、トースターが悪いんだと思う。

「また焦げてるーーー!!　がんになっちゃうよ」

先生はニヤニヤしている。だから、

「ちょっとくらい焦げたパンを食べたって問題ないよ。いつも死にたいって言ってるんやし、がんになったっていいでしょう？」

わたしも憎まれ口で返すことにしている。本当に小姑!!

目玉焼きは、黄身しか食べない。贅沢な食べ方をするので、

「あー、またそういう食べ方している。だめ、白身も食べてください」

と食べ終わるまで見張る。

野菜もいろいろ食べて欲しいと、先生が嫌いな人参は細かく刻んでおみそ汁や、サラダに紛れ込ませる。でも器用に皿の横によけてしまう。子どもみたいだ。

「人参、残してる!!」

と突っ込むと、

「え。これはちょっと」

とばつが悪そうな顔をする。豆は大好きなのに、人参はいつまでたっても好きになれないみたい。

二人で過ごす時間が増えて、先生の味覚がちょっとずつ変わっていることを感じる。周

りの人からは、

「先生、若返ったね」

と言われる。わたしの若いエネルギーを吸収して、食べて、笑って、眠っているから？　そしてわたしは、吸い取られたエネルギーを補うように食べる。先生は１００歳まで元気だと信じて、当分は色気よりも食い気で行こうと思う。

料理については、ある程度できるつもりでいた。でも先生はすぐ、

「料理下手のまなほ」

のレッテルを張った。下手じゃないんだ、しないだけだ！

でもお菓子作りは大好き。仕事が終わった後や、休日にお酒を片手に好きな音楽を聴きながら、シフォンケーキやクマちゃんのクッキーなどを作り、おやつに持って行ったり、友だちにプレゼントしたりする。それはとても好評だ。和食については自分が好きじゃないので、そこはパス。そこで思いついたのは、先生が食べたことがないものを作るということ。わたしはタイ料理が大好き。好き過ぎて自宅の庭でパクチーを育てているほどだ。栽培したパクチーをたっぷり入れて作ったグリーンカレーは最高だ！

先生にも食べて欲しいと、カオマンガイ、タコライス、スンドゥブなど多国籍料理をふるまった。見るのも食べるのも初めての先生は、他と比べようがないので文句を言わず、

珍しさも手伝って、

「こんなものかな」

と黙って食べている。わたしの作戦は大成功。ただカタカナの料理名は覚えてもらうことができず。全てまとめて、

「得体の知れないもの」

という料理名になっている。なんてこと……。

ときどきは先生も台所に来て、

「次はパプリカを炒めて！」

とレシピを読んでくれる。ピザや餃子を焼くときも、やっぱり焦げてしまう。パンと同じようにキレイな方を表にして出しても、先生はすぐひっくり返すからコゲコゲでバレる。

でも先生は、笑いながら、

「おいしい。おいしい」

と食べてくれる。

前にテレビ番組の取材でわたしの密着をされたときに、わたしが調理をする様子も撮影された。

かぼちゃのスープを作るため、硬いかぼちゃをたどたどしく切る様子がアップにされ、

それを見て心配をした全国の方から、

「先生のために」

とおいしいものがたくさん届いた。複雑な気持ちでしたが、ありがとうございます！


先生に何年も前からすすめられていたのになかなか通おうとしなかった料理教室。一念発起し、２０１6年6月から通い始めた。

教室では正しい包丁の持ち方など調理に対する心構えから学んでいく。次にだしの取り方などの基礎を積み上げ、炒める、煮る、茹でるなどテーマごとに進めていく。炒める回では、包丁の回で教わった切り方を応用し、ピーマンと牛肉を細く切り炒めた中華料理「チンジャオロース」を作った。

だしの取り方はもちろん、料理の知識を教えていただいた後に作ったおみそ汁はおいしすぎて、自分でもびっくりした。勉強したことが身についていく過程はとても楽しい。

先生はステレオタイプの人なので、たとえ教室に通っても通わなくても、わたしが、

「通い始めた」

と伝えたら、その日から、

「やっぱり手つきが違うね。やるね！」

とか言って、わたしを見る目が変わるんだ。

「実験台になってあげるよ」

と言った先生に、

「やり方を間違えちゃって、あまり自信がないんですけど」

と恐る恐る、おみそ汁を出すと、

「え、おいしいよ」

と食べてくれた。

「大丈夫。大丈夫。おいしい。おいしい」

と励ますように、お椀を持つ手を下ろさない。作戦成功！　わたしが自信満々なときよりも、謙虚に下から行ったときの方が、先生は褒めてくれる。メモメモ！

寒い時期は温まるお鍋が一番。中でもキムチ鍋が好きな先生のために、「理想のキムチ鍋」を作る日々が続いた。何度しても先生の思う味にはならなかったけれど、

「いくらでも食べられる」

と絶賛してくれた。でも翌日、わたしがいないところで、

「あんまりおいしくなかった」

と言っていたのを聞きました、ヒドイ！　それを問い質すと笑ってごまかす。許さない

ぞ！

「タマネギは飴色に。その中に小麦粉を混ぜて、ナツメ色になるまで炒めるんです。ルーから作ったんですよ」

説明するわたしの言葉を、

「うん、うん」

と言いながらスプーンを口に運んだ「欧州風カツカレー」。先生はさらさらとしたカレーがあまり好きではないので、手がかかる割には反応が薄くて、何か言いたそうな顔をしていた。カレーは小麦粉から作るなんて知らなかったから、頑張ったんだけどなぁ。

「女子会をしよう！」

と提案し、赤パプリカやブロッコリー、ウインナーなどで、チーズフォンデュをして、先生が好きな赤ワインで乾杯。恋愛話で盛り上がったことも。このときもやっぱり、人参は残していたから油断ならない。イカスミのパスタは、二人でお歯黒になりながら食べた。

先生が好きなおいなりさんも二度作った。一度目は甘さが足りなかったけれど、経験を活かした二度目は絶品に。ふっくらとおいしくできた。

食卓に並ぶわたしの手作り料理。愛情たっぷり入り！　お正月には、自己流でお雑煮作りに挑戦したこともある。人参をお花の形に切る予定が、なんだかよく分からない形になった。仕上げに確認した味は薄く、何度も何度も試行錯誤しながらやっとのことで完成した。

でもそのお雑煮は、

「出汁がきいてる」

と好評でお客様にもお出しした。でも先生は何か言いたそうだった……。

「みんなおいしいって言うかもしれないけど、私が作った方がおいしいけどね」

と先生の悪いクセが……。

「北京にいたころは、自分で麺を打っていたよ。餃子だって皮から作ったんだから。主婦してたんだから」

と70年も前のことを鼻を高くして言う。

「私は作ってもらったことがないから信じない」

そう言い続けていたらある日、

「分かった」

と言って台所に入っていった。

調理場に立つと、フライパンを持ち、卵チャーハン、たたききゅうり、リンゴとセロリのサラダを作ってくれた。でもチャーハンに入れたネギなどの具材はわたしが切らされ、先生は炒めただけ。きゅうりは、刻んでたたくだけだし。サラダもリンゴの皮をむいて、切ってマヨネーズで和えただけ。料理ができるかどうかは怪しい。先生、何してたの？

「混ぜご飯も得意よ」

と言って作ってくれたことがある。でも、

「みりんは入れたっけ？」

と二度入れそうになったり、

「お酒は入れた？」

と聞いてきて、見ていて危なっかしかった。

そしてできあがった混ぜご飯は、味がなかった。

「先生、味がないね」

と言うと、

「そう？　おいしいわね」

と自画自賛。わたしは「おいしい」と絶対に言わなかった。

「本当はどうなんだろう」

こっそり甥御《おいご》さんに、先生の料理が上手いかたずねたら、

「上手い〝らしい〟ね」

と言った。

「それは誰が言ってたんですか？」

と聞くと、

「自分で言ってたよ」

とのこと（笑）。生きている人は先生の料理を食べたことがないみたい。だから料理上手だなんて信じない！


わたしが作ったものは何かしら、ケチをつけたくなる先生。わたしが作ったという事実を隠せば、褒める可能性があるかも……、とある作戦を思いついた。

「このチーズケーキ、下鴨で有名なケーキ屋さんで買ってきたんですよ。食べてみてください」

わたしが作ったケーキを、知らん顔をして出したのだ。残されたらイヤだから、少し小さめにカットして、執筆の合間のおやつに、コーヒーとともに書斎に持って行った。すると、

「上品な味。大きさも品があっていいね。うん。すごくおいしいよ」

とにっこり。

「先生本当においしい？」

「うん」

「これ、わたしが作ったんだよ！」

と嘘をついたことをばらすと、

「え。本当に⁇」

と最初は疑って信じてくれなかった。でも最後は、

「おいしい。本当に」

と認めてくれた。良かった！

手作りしたガトーショコラと、くまのクッキーを渡したバレンタインでは、先生に、

「ホワイトデーは10倍返しが基本です」

と脅かした。すると、先生は、

「恐ろしくて食べられない」

とおびえた顔をしていた。

こんな風にわたしたちにしか分からないことで大笑いしながら、毎日暮らす日々を幸せだと思う。


毎朝、連載をしている朝日、毎日、読売、京都の４紙と赤旗に目を通す先生。新聞に掲

載されている広告や、折り込みチラシにもしっかり目を通し、こっそり洋服を注文していたりもしている。

圧迫骨折をして退院後も寝たきり生活をしていたときは、あまり食べられず体重が55キロから48キロにまで落ちてしまったことがあった。さすがにこれはまずい！　と先生が目を付けたのが「芋けんぴ」。座るのも大変だったので、寝転がったまま夕ご飯代わりに食べて、歯が欠けたほど。

体調が良くなってからの先生は毎晩、お酒を欠かさない。

寂庵の中には、紫色のネオンが輝くホームバー「ぱーぷる」がある。

尼寺にバーって‼（笑）

わたしは先生の影響で、ウイスキーにはまった。「老人ぼけ」と教わった「オールドパー」と「白馬」と呼ぶ「ホワイトホース」などなど。文壇酒徒番付西の大関という先生に鍛えられ、大酒飲みになって、お嫁に行かれなくなったらどうしよう！！！

出張をしたときの楽しみは、各地でおいしいものを食べること！

故郷の徳島に法話で行った際は、先生が大好きなお豆がたっぷり入った、じゃこ入りのちらし寿司をおかわりしていた。

東京なら、帝国ホテルの1階にある「パークサイドダイナー」のビーフカレーや、フワフワのケーキは外せない。お寿司や和食はあまり好きではないので、足を運ぶことは少なく、鉄板焼の「嘉門」で分厚いお肉に舌つづみ。中華料理の「北京」ではザーサイと、フカヒレスープがマスト。新規開拓はほとんどしないので、決まったところに足を運ぶ。帝国ホテルは「おかえりなさい」と迎えてくれるので、ホッとする。

岩手の天台寺に法話に行くときは、檀家さんが作ってくれる郷土料理も楽しみのひとつ。おそばがとても美味しい。あとは、二戸にあるお寿司屋「三五郎屋」に足を運ぶ。ことしの5月に行ったときは、大将から赤貝を刺身で出されて、「おいしい」と食べていた。京都では、「大市」のすっぽん料理と「ゆたか」のステーキ。寂庵の近所では嵐山にある「うなぎ廣川」や「てんぷら松」、「おきな」もお気に入りだ。

「肉を食べないと、書けない」

というほどの肉食女子。出家をしている身なので、

「殺生をしてはいけないのでは？」

と思われがち。実際、来客の方から、

「先生、お酒を飲んでいいんですか？　肉も食べていいの？」

とたずねられることも。そのときは、

「首にかけている、これ（輪袈裟《わげさ》のこと）を外せばいいの」

と言って、ひょいと外してもりもり食べる。たまに外すのを忘れてテレビ収録などをしてしまい、お肉を食べているところが全国放送されると、

「気を付けてください！」

と比叡山からお叱りの連絡が来たり……。ある俳優に招かれてフレンチに行ったときは、

「きょうは珍しく結構食べたなぁ」

と思ったけれど、帰るタクシーの中で、

「お肉が出なかった」

と文句を言ったり、お肉を食べないと機嫌が悪くなってしまう。わたしもお肉が大好きなので、二人でよくステーキを焼いて食べる。

ハードスケジュールをこなしているからなのか、食欲が落ちることはほとんどない。疲れてぐったりしていると、

「このまま死んじゃうんじゃないか」

と心配になるときもある。翌朝起こしに行ったときに、

「お腹空いた」

と言われると、

「何食べようか！」

とこちらも元気になる。


わたしが先生と暮らすようになって先生が一番変わったところは、お菓子を食べるようになったこと。


いただいた菓子折などには目もくれなかった先生だったのに、わたしたちが、

「中身何かな〜〜？」

とうきうきしながら包みを開け、

「おいしそー！」

と声をあげるのを見て、

「そうなの？」

と気に留めるように。

「先生も食べます？」

と声をかけると、最初は、

「いらない」

と言っていた先生。やっぱり、

「食べる」

と手を出した。

「おいしい‼」

と驚いた先生に、

「そうでしょう〜！」

とわたしたち。

「お菓子っておいしいのね。こんなにおいしかったなんて。今まで食べなかったのが惜しい」

と、今では部屋にこっそり持ち込んで食べたりもしている。わたしが食べているものが、いつも気になる様子。

レストランで別々のものを注文すると、先生は、

「そっちの方がおいしそう」

とわたしが頼んだものを、うらめしそうに眺めることも。

先生は大人だから、バニラアイスクリームにエスプレッソをかけて食べるイタリアのデザート「アフォガート」がいいかなと思って注文しても、わたしが頼んだ「あんみつパフェ」を見て、

「まなほはいつも、自分ばかりおいしそうなものを頼む」

と不満をもらす。90歳を過ぎると子供に返るのかな？

先生とわたしは、66歳の年齢差があるけれど、まるで小さい姉妹のように、同じものを与えないと、不機嫌全開になる。

「じゃあ、今度からは同じものを注文しましょうね」

とわたし。どっちが大人か、わ・か・ら・な・い！　でもスプーンでひと口運べば、

「こっちにして良かった。これおいしい」

とご満悦。ほら、わたしのチョイスは間違っていなかったでしょう。


食欲も旺盛。ある食事の時、３人いるのに、冷蔵庫の中にアイスクリームが2つしかなかったことがあった。どうしよう……。先生に、

「先生が一番年上だから、ここはみんなにアイスを譲ってくれますよね？」

と聞いたら、

「何言ってるの！　あなたが一番年下なんだから、年上に譲りなさい！」

とぴしゃり。

しぶしぶ譲ろうと泣きそうな顔のわたしを見て、もう一人の方が、

「僕、いいですよ」

と遠慮してくれた。

「やったー！」

とガッツポーズ。おいしそうなアイスに、一番最初に手を伸ばしたら、先生は不服そうな顔をしていた。

人のものを欲しがったり、譲ってくれなかったりするけれど、わたしが仕事を休んだ日に、おいしいお土産や名物をいただいたりすると、ほかのスタッフに
「まなほは海老が好きでしょう。まなほに取っておいてあげて」

と残しておいてくれたりするから優しい。わたしは先生がいないときに、おいしいものをもらったら……、絶対残さないけど（笑）。

料理教室に通うようになって1年。わたしのことはまだ、料理と運転が下手と決めつけている。料理は着々と上達しているが、最近サボりがち（笑）。

運転は、免許を取ったばかりのころ、助手席に乗せて出かけたら、

「生きた心地がしなかった」

と周りに言いふらしていた。

「いつも死にたいっていうやん。一緒に死のドライブに行こう！」

と誘ったら、真面目な顔で、

「まなほの運転で死にたくない！」

と全身全霊で拒否された。

先日も車体をぶつけてしまった。どうやったらぶつけるの？　というような広いガレージで。

「あ～、また何か言われるな」

と怖れてたけど報告したら、

「人にぶつからなくてよかった」

と言って笑ってくれた。

「何よりわたしが無事でよかったでしょ？」

と言うと、

「何言うか！」

と怒られた。わたしには車の運転の才能がないから自転車を買ってくれるとのこと。

いや、わたし頑張りますから！

ズッキーニと
トマトのナムルは
いかが??
なぜか私の作ったおみそ汁はいつも絶賛してくれる!!
甘酢につけたチキンとタルタルソースの相性のいいこと!!

第6章 初めての試練

いいときも、悪いときも続くことはないの

「腰が痛い」

と訴えた先生を病院に連れて行くと、腰椎を圧迫骨折していると診断されすぐに入院することが決まった。

2014年5月末のことだ。当時わたしは26歳。身内には、誰一人として要介護者はいない。祖父母も健在でなんとか元気に暮らしているので、誰かを介護するということをしたことはなかった。

わたし自身も病気や大きな怪我をしたことがない。病院に通うことも、ましてや看病のために、病院に毎日足を運ぶことも初めての経験だった。

入院と言われても、何が必要なのか分からない。看護師さんが教えてくれたこと、医師の注意事項を聞き漏らさないように、メモが欠かせなくなった。パジャマ、歯ブラシ、タオル、スリッパ。身の回りのものを、聞いた順にそろえていく。

痛みが取れず、絶対安静の先生は入院から1カ月の間、胸からヘソの下まであるきついコルセットで固定しないと生活ができなかった。

朝起きて、第一声が、

「しんどい。体が痛い」

だと、わたしの気も滅入る。

「きょうは、どっちかな」

指先で、つんつんと起こし、目を開けたとき、わたしを見て、

「きれいね」

と言うときは、まぁ元気。

寝たきりの生活に、精神が不安定になっていく。できることは笑わせること。ふざけたことを言ったら、

「笑うと腰に響いて痛い！」

と笑いながら怒っていた。

先生は入院中、ヒマなのか電話をよくかけてきて、

「あれを持ってきて、これが足りない」

などうるさい。口だけはほんまに元気。しまいには目をつぶったまま、話すのが楽だと常に目をつぶっているので、

「目を開けて下さい！！！　このまま閉じていると目がなくなりますよ！！！」

と脅かしたりする。わたしの気配を感じて、

「まなほ〜〜」

と呼ばれても目をつぶったままのときは、わざと気配を消した。

「まなほ？　まなほ帰ったの⁇」

と慌てて両目を開く先生をからかったりする。入院中とはいえ、先生がこんなにゆっくり眠ることができ、原稿の締め切りなどに追われない生活は久しぶりなので、いまのうちにゆっくり休んで、また元気になったらぼちぼち頑張って欲しいと思っていた。

入院中、血糖値が高かった先生は、厳しい食事制限が続いた。毎晩欠かさなかった晩酌はもちろん我慢。先生は肉が大好きだけど、カロリーなどの制限があり味気ない病院食を、

「まずい」

と嫌がる。通常の2倍量の痛み止めも効かない腰の痛み。6月の仕事は全て取りやめて、治療に専念する。点滴をするため、手のひらに何度も打った注射の後が内出血して赤黒く大きな痣《あざ》のようになっていた。

髪が伸びて白い先生の頭を剃ったのは、このときが初めて。それまで、手を貸したり、預けてきた体重を支えたりしたことはあったけれど、ここまで肌に触れたことはなかった。

「どこまでは触れても大丈夫かな」

と最初は、イヤと感じる境界ギリギリはどこだろうかと気になっていたけれど、毎日先生の肌に触れているうちに、お互いの境が薄くなっていくことを感じた。

わたしは徐々に先生の嫌がること、反対に喜ぶことを理解していった。

「セメントを入れる注射をするには全身麻酔になります」

と医師に提案されたけれど、

「全身麻酔をしたくない」

と不安がるのでこれ以上入院していても何も変わらないと、7月に一度退院した。

いったん自宅に戻ったが、「痛い、痛い」と8月になっても痛みはいっこうになくならなかった。

「そう言えば……」

先生が、わたしを呼んで言った。

それは2012年の春ごろに、聖路加国際病院の日野原重明理事長（当時）と、武田病院グループの武田隆男会長と、広報・季刊誌『たけだ通信』の発刊100号を記念した鼎《てい》談《だん》を行った。その際に日野原先生と武田会長から、

「骨をセメントで支える手術を受けたらすぐ治り歩けるようになります。私たちもしました」

と言われたことを先生はずっと忘れてはいなかった。

武田会長に先生が、

「脊柱管狭窄症《せきちゅうかんきょうさくしょう》で悩んでいる」

と治療の相談をしようと電話をかけた。先生の痛みの強さを深刻に受け取ってくださった武田会長がすぐに入院を手配してくれた。武田会長の対応に先生と二人で安堵した。

リビングで入院の準備をして待っていると、「ピーポー、ピーポー」と救急車のサイレンの音が聞こえてきた。玄関を開けると救急隊員の人が、ストレッチャーを手に石段を上がってきた。

「先生……。うちだったみたい」

救急車で運ばれるのも、救急車に乗るのも初めての体験。わたしは、不謹慎かもしれないけれど、わくわくした。先生は緊張している様子だった。二人してドギマギしながら、先生と何度も目配せをした。先生は珍しそうに機材がたくさんある車内を眺め回している。ふたたびサイレンを鳴らし走り出した車。緊急を知らせる音に、道行く車や人が、スペースを作るため車道の端に避けてくれる。車内からその一致団結した様子を見て、

「すごいなぁ」

と感心した。わたしも逆の立場になったら必ず協力しよう。

緊急搬送された病院で、また一からの検査。ストレッチャーから先生は寝ながらＭＲＩやＣＴなどたくさんの検査をこなす。一つ一つの動作に激しい痛みが伴う。

骨セメント手術を受けると、痛みが消え去った。痛みが引くと落ち着いたのか、

「この病院では、部分麻酔で手術できた」

とそれは喜んでいた。

セメント手術は問題なく無事終わったが、数日するとまた痛みがでてきた。

「痛くない！」

と喜んでいたのは本当、一瞬でしかなかった。

そこからまた毎日のようにたくさんの検査を一から受ける。痛みを和らげるためのブロック注射も効き目は長く続かない。その痛みの原因を調べるため何度も検査をした。そんなとき、

「胆のうに腫瘍が見つかりました。今の時点では、がんの疑いがあります」

「それは捨てて（放って）おいたら、どういうことになるんですか？」

「胆のうがんであれば、その腫瘍はどんどん大きくなって、よその方に飛んで（転移して）いきます。全身麻酔をして、手術をするしかない」

先生は当時92歳。高齢者にとって全身麻酔はリスクがとても高い。

「手術を選ぶ人は少ない」

と医師に言われたけれど、

「人生の最後に変わったことをすることだ。（手術を）します」

と、先生はすぐに決断をした。

わたしは、

「うそ……。何でこの歳にもなってがんにならなきゃいけないの」

と神さまをうらんだ。すごく悔しかった。これ以上、先生を苦しめないでください。

「する」

と言った先生の手術は、全身麻酔で開腹ではなく、お腹に3カ所穴を開け腹腔鏡で取ることが決まった。

がんは死ぬかもしれない病気……。先生が、

「死ぬ？」

誰かが「死ぬ」という経験、そしてそれを悲しむという経験もしていないわたしはうろたえた。

「人間は生まれたからには必ず死ぬ。『そのとき』は、仏様からいただいた『定命《じょうみょう》』によって決まる」

と先生は言う。先生とわたしに残された時間がどのくらいあるのか。考えても分からない。誰も教えてくれない。答えのない問いが頭の中でぐるぐるしていたとき、

「手術をすれば、もしかしたら書きたい気持ちになるかもしれないわね」

この一大事に、前向きな先生の言葉を聞いて驚いた。そして、

「いいときも、悪いときも続くことはないの」

先生が教えてくれた「無常」という言葉が胸に響いた。

「ここが踏ん張りどき。がんばって、一緒に寂庵に帰ろうね」

と少しでも励みになればと、毎日声を掛けた。

手術前、全身麻酔がかなり怖かったという先生。麻酔を投与された瞬間に、

「スーッといい気持ちになって、甘い気持ちになった」

と話していた。

病院で腹腔鏡での摘出手術を受けた後、医師が取り出した腫瘍を見せてくれた。

「焼いて食べたら、おいしそうだった」

誰よりもいちばん初めにわたしはそれを見たけれど、全然おいしそうじゃない！（笑）

黒柳徹子さんからいただいたお見舞いの電話では、

「背中が痛いわ何だわで、もう神も仏もない」

と泣き言を言っていたけれど、回復してからの先生は、法話などでそのときのことを笑い話を交えて面白おかしく話す。振り返ると、そこまで話せるようになったいま、やっと
あのつらい日々を乗り越えることができたのだと感じる。

「ペンを持つ気持ちになれない」

生きるために書き、書くために生きてきた先生。入院中、どんどん病人になっていく。体もみるみる小さくなっていった。寝たきりの生活では、7キロも体重が減ってしまった。

入院病棟はどこを見ても病気の人ばかり。支える人たちも大変そうだ。入院生活が長くなるにつれて、病院の暗い雰囲気に飲み込まれ気持ちが萎えていく。ため息もこぼれる。

「あなたが行かなければ、先生の面倒は誰が看《み》るの」

「あなたは元気じゃない」

もう一人の自分が、わたしを責める。

ある朝、目覚めたとき、元気なはずのわたしの体が、ズーンと重いことを感じた。

「おかしいな」

医師に相談すると、

「過労ですね。あなたが倒れたら元も子もない。少し休みなさい」

と労《いたわ》られた。

「過労」という医師の言葉に、がっくりきた。

「なんでわたしがしんどくなっちゃってんの？　先生はもっとしんどいはずなのに」

そう思うけれど、体が重くて動かない。

「わたし、ダメだなぁ」

そう思うと、自分が頼りなくて、先生に、

「ごめん」

と思い泣けてきた。


「過労だって（笑）」

先生に伝えると、先生も心配してくれていて、

「休みなさい」

と4日間休みをくれた。でも休暇をもらった期間も、先生のことをずっと考えている自分がいた。目の前にいなくても、勝手に考えてしまう。

「先生、大丈夫かな？」

「先生、困ってないかな？」

先生のことばかり考えている自分に気づいた。

4日ぶりに向かった病室。

「ああ」

と先生がわたしを見てほほ笑んだ。それを見た瞬間、涙があふれた。

「先生、ごめんね」

泣きじゃくるわたしの肩を、ポンポンとたたきながら先生は、

「久しぶりだね」

と迎えてくれた。


9月下旬に戻った愛しい我が家。先生を通じ、初めて「介護保険」を活用した。運よくとてもいいカウンセラーの方に出会うことができ、何でも分からないことを教えてくれる。歩行器はもちろん電動ベッドやお風呂場、勝手口の手すりなど、すぐ対応してくれてリハビリに専念できる環境を整えることができた。介護に関しては、全く知識がないわたしにとって、とても心強かった。

理学療法士の方を招いてのリハビリは週2回。寝たままで落ちてしまった筋力をつけるために、バランスボールなどを使い、脚の運動、腹筋などをこなしていく。脚におもりを付けて動くときは、苦痛で顔をゆがませていた。本来の性格は面倒くさがり。

「しんどい」

とよく言うし、本当はこの年になってこんなことしたくないのだろう。

理学療法士の方が不在のときは、わたしが声をかけ一緒に廊下を歩いた。

「気分じゃない」

「やりたくない」

とぐずったときもあった。気分転換になればと静かになった部屋をのぞいて、

「台所でお菓子を食べよう」

と声をかけると、

「歩かなくちゃいけないなら、行かない」

とわずか20歩ほどの距離を拒否されたことも。

本人の負担にならないことが一番。でもわたしは自分で自由になんでもできる先生に早く戻ってほしかった。そのためにリハビリは必要不可欠なんだ。先生、このまま終わらせたりしないから。また一緒に歩こうよ。これはもしかしたらただのわたしの希望かもしれない。

リハビリはコツコツ続けるしかない。頑張っても大きくは変わらない毎日に、先生はイライラしていた。

「もうイヤになってきた。鬱だ!!」

と叫んだりもした。そんな先生を見ると、とても心配になる。少しでも希望が見いだせ

たらと思っていたけれど、

「アイスクリーム食べたい」

と駄々っ子のように言ったり、枕元に必ず置いてある小さなお菓子を見ると、深刻に考えても仕方がない気がした。

胆のうがんで手術をしてからは、先生の日々の様子や、出来事をノートに記すようになった。もう7冊目に入る。ノートには、昨日食べたものが、今日準備するものとかぶらないよう食べもののことや、出版社の人から電話があったこと、リハビリ中に何歩歩いたとか。リハビリ歩行の途中、「しんどい」と言って止めたとか。「お腹が痛い」と話していたなど、体調のことを中心に書いて、全員で共有している。ほかには、先生が薬を飲み忘れないようになど、日常生活にも気を配っている。薬を飲み忘れないように、

「忘れたら罰金千円ね」

と言うと本当に忘れることがなくなった（笑）。

リハビリのかいもあり、9月には歩行器を使えば自力で歩けるようになった。

「波があり辛い日もあります。まだペンを持つ力がありません」

報道向けに出したコメントでは、来春の復帰を目指し療養に励むとした。

リハビリは毎日頑張っていて、本人も早く良くなりたいという気持ちはとても強い。先

週できなかったことが、今日できていたりと、ほんの少しずつ良くなっていることが感じられると、心が温かくなる。焦らなくていい。

桜のころには、寂庵で一緒にお花見ができたらいいな。


「先生を支えていこう」

自分でできない先生の代わりに、まさかわたしが先生の頭をジョリジョリ剃る日が来るなんて夢にも思わなかった。それだけではなく、わたしは先生の顔のエステまで始めた。名付けて、「サロン・ド・マナホ」。ホットタオルを順番に顔や首に載せて蒸し、そのあとだんだん温かくなるジェルを使って、顔全体をマッサージ。先生は、いつも気持ちよさそうな顔をして、

「このまま死にたい」

と言ってくれる。喜んでくれて、褒めてくれてうれしいけれど、このまま死なれたら困る。わたしが出かけたエステで、

「気持ちいいな。先生にもしてあげたいな」

と真似っこしたハンドテクニック。

「本物っぽい！」

と絶賛してくれた。

人の顔をマッサージすることはめったにないので、先生の顔をマッサージしていると、気づくことがある。それは鼻筋がないこと。あわてて自分の鼻を触ると、やっぱり鼻筋には骨がある。でも、先生にはない。

「私は鼻が低いから、転んでも鼻を打ったことがない」

と言っていたことは本当だと思う。頬より鼻の方が低いのだ。そう言うと、先生は笑いながら怒る。だからわたしは、少しでも鼻筋が通るようにと願って、両手で鼻を触るけれど、先生の鼻は一向に高くなる気配がない。

「きょうもマッサージしましょうか」

とわたしが聞くと、

「いいよ、面倒くさい」

と言われた。ガビーン。

「先生が面倒くさいことないでしょう。寝てるだけなんだから！」

とわたしが怒ると、しまった！　という顔をする。

マッサージをした後は、

「ふうー」

とまるで大仕事をしたかのように、疲れたそぶりを見せるけれど、

「疲れたのはこっちだよ！！！」

と言いたい。わたしができることなんて、本当に知れているけれど、少しでも役に立つことができたらいいなと思っている。そしてこのまま先生の鼻が、みるみる高くなれば、わたしのおかげだと思って、感謝して欲しい。

完全休業を宣言したときの目標は、リハビリをこなし自分の足で立つこと。そして小説を書くために、机に向かう体力を取り戻すこと。

痛みで椅子に座っていられないと、リビングで寝転がったときも、

「食べる気はしないけど」

と言いながらも、大好きな通販で購入した芋けんぴを食べていた。これはカロリーもあるし、結構重宝した。でもあるとき、元気よくバリッと食べたら、下の歯が欠けてしまい、歯医者さんを呼んで応急処置をしてもらったことがある。医師が帰ったら、安心してすぐに食べたので、また歯が欠けた。あろうことか、

「あの歯医者はやぶ医者だ。あれは腕が悪い」

と悪口。外出できるようになって通院した歯科でセラミックに替えてもらったら、笑った顔が本当にキレイになった、と誰からもほめられた。

寝たきり生活で支えになったのは、

「回復させないと、病気も治らない」

という先生の考え。

「本をたくさん読むことで、書きたいという気持ちを取り戻すことができた」

病気後、10カ月ぶりに立った人前は、お釈迦様の生誕を祝う「花まつり」だった。卵ご飯をかき込み、久々に紫色の法衣をまとった先生はそわそわしていた。

お堂に集まった150人が、

「おめでとうございます」

と拍手で迎えた。

「長い間病気をしておりましたけれど、死に損なって今日を迎えました。みなさんにはお会いできないかと思ったのに、こうしてきょうもたくさんの方がいらしてくれて、本当にありがたいと思っています。いままでも4月8日に花まつりはしておりました。みなさんが来てくれるのは当たり前、私が生きているのは当たり前だと思っていました。でも、今日初めて、お会いできるのが不思議だと思って、本当にありがたく思います」

と感謝した。

「病気の間は、こんなに仏様をおまつりしてみなさんにお話ししているのに、こんな痛い病気になって、神も仏もあるものかと思っていました。今度、もし生きてみなさんにお会いできたら、仏様なんかないですよと言ってやろうかと思っていたんです。でもね、長く患っていたから（入院生活で）がんが見つかって、やっぱり仏様はあるんだと思いました。改めて、ありがたいと思っているんです。仏様は一途には信じられないけれど、みなさんがここにいらっしゃるということは、仏様に守られていると感謝してください」

と7分間にわたってあいさつ。復帰を待ち望んでくれていたファンの人たちの目には、涙が浮かんでいた。

4年前にも病気をした。でも2カ月を超える入院生活は生涯で最長だった。

「こんな痛い目に遭わされて、仏様って本当にあるのかしらとだんだん腹がたってきた」

法話後の会見で、先生はまだ言っていた。

わたしにとっても今回の先生の病気は初めての経験。たとえ身内の誰かが病院に入院したとしても、毎日付きっきりで看病するなんてなかった。入院の手続きや病気のこと、医師、看護師さんとのやりとりや介護保険。何もかもが初めての経験だった。

それだけでなく、痛さで顔がゆがみ、笑うこともだんだんと減っていく先生。口を開

けば、

「死にたい」

わたしは言葉が見つからなかった。

「先生、わたしが帰った後、一人で天井を見つめて何を考えていたの？」

そう思うと、今でももっと何かできたんじゃないかなって思う。

今では当たり前のように台所で食事する。そんな光景が再びおとずれるなんて、あのときは考えられなかったよね。先生の、

「治ってみせる」

「また書きたい」

という精神が先生を生かしたんだと思う。

先生、本当によくがんばりました！　と心から今更だけど言いたい。

先生、生きていてくれてありがとう！　って本当に思うんだ。


1年ぶりに執筆したのは、愛に飢えた91歳の老婆を主人公にした小説『どりーむ・きゃっちゃー』。

「小説を書くことが欲望」

と話す先生は、原稿用紙5枚の物語を1日で書き上げて復帰した。

「命がある限り、小説を書きたい」

そう話す、先生の決意を秘めた瞳が忘れられない。

先生はこうじゃなきゃ！

シフォン型がなくたって
ケーキ型に湯のみをがっさして代用さ〜♪
揚げない焼きねこドーナツは
ヘルシーさー♪
お菓子作りは
ストレス発散〜
ラララー
難しくなんてないさ
ズボラお菓子レシピさ♪
私が作ったという事実だけで
先生はケチつけ始める。
いじわるばあさん

第7章　若返った！

若き日にバラを摘め

「きのうも徹夜して書いたよ」

そう言って原稿を受け取りに来た編集者を驚かせる先生。でもわたしは知っている。作家・谷崎潤一郎の机を模した愛用の机に向かい、うとうとしていたことを。

わたしと先生が暮らすようになって7年。ことし95歳になった先生だけど、来る人来る人に、

「若返った」

と言われ、うれしそうな顔をしている。

「若返った」

と言われても、毎日一緒にいるから、

「そうかな?」

とさっぱり分からない。

この何年間かで一番の変化は、「怒らなくなった」「いつも楽しそう」なことと、編集者が教えてくれた。

本当は、わたしの若いエネルギーを吸い取っているに違いない。牛丼を食べた後に、ボリュームたっぷりのパンケーキを食べたり(牛丼は前菜⁉)、わたしの胃袋はまるでブラックホールのようだ。これは先生に吸い取られた〝若さ〟を補充するために、そうしないと

本当に死んでしまうと思い込んでいる。

「たくさん食べなさい」

と先生に言われなくてもパクパク食べ続けるわたしの横顔を、

「よくそんなに入るね〜。太るよ〜」

と呆《あき》れて見つめる。食べるためにその分消費しようと、わたしは毎日200回のスクワットをこなす（最近はサボリ気味）。

愛犬よるるとの散歩コースを広げたり、基本一日一食にしたりといろいろな努力している。この本の表紙撮影のためには、

「大好きな甘いものを断つ！」

というわたしにとっては地獄のような覚悟でダイエットに励んだ。でも、ことしの夏に休みをもらって出かけた沖縄で、自分の水着姿にがく然……。友人にも、

「うん、去年のほうが細かったよ」

と言われ、そのまま海底に沈んでしまいたかった。そんなわたしの悲しい報告を、ケラケラと笑いながら先生は聞いていた。

ダイエット。しなくてはと思っても、食べることが大好きなわたしには本当にキツイ。

毎日、隅から隅まで新聞を見ている先生は、

「これはあなたに」

とダイエット食品の広告や、ダイエットに効果があるストレッチなどの記事を切り抜いておいてくれる。

法衣で見えないけれど、先生のお腹はボールみたいに膨らんでいる。だからときどき、

「妊娠何カ月ですか？」

と、ぽよんとなったお腹を押してからかう。

先生はよくわたしのためだけでなく、自分のために「コムラ返りが治る！」とか「脚の痛みがすぐなくなる！」とか大きく宣伝してある広告を器用に切り抜いて、

「これ、買ってよ」

と言う。

「こんなのうさんくさい。誰が買うんやと思っていたよ。先生みたいな、まんまと信じておばあさんが買うんですね」

と言うと、

「え〜効きそうじゃない！」

先生はほかにも、「血がさらさらになる」とかいろんなサプリを飲んでいる。でもいろんなものを飲みすぎて、結局のところ何が効いているのか不明だ。

先生は元々、買い物をするのが大好き。なかなか出かけられないので、通販カタログをよく利用している。芋けんぴ、舞昆《まいこん》という味付けの濃くて柔らかい昆布など。あれこれお取り寄せして、喜んでいる。

先生はもともと大のおしゃれ好き。昔の写真は、豊かなロングヘアを三つ編みにしていたり、パーマをかけていたり、坊主頭のいまからは想像できない。サングラスをかけてワンピース姿でさっそうと歩いてる写真を見たときは、「かっこいいな」と思った。

作家になった後は、着物や宝石にもお金を注ぎ、高価なものをたくさん持っていたそう。でも、出家をきっかけに、洋服、着物、アクセサリーなど全ての持ち物を人にあげてしまったという。出家前から持っていていまも使っているのは、鞄だけだ。

銀座の百貨店で買い物をしていたそうだけれど、今はもっぱら通信販売。自分が載っているページを見落とすことがあっても、広告の記事は見落とすことがない。

「これ、良さそうね」

とこっそり他のスタッフに切り抜きを渡して、洋服やシミが消えるクリームを買っていたりする。わたしに頼んでも、

「はーい」

と言いながら捨ててしまうからだ。

「私も何か買いたいわ」

と言うので、先生に変装をさせて京都の街に繰り出したことが何度かある。帽子を目深にかぶせ、顔にはマスク。車いすに乗せて出かけた。車いすを押して歩くわたしと先生は、もう孫とお婆さんにしか見えないだろう。

店員さんは誰も気がつかない。フロアに入ると、最新の洋服が並ぶ店内に先生の目が輝いた。セーター、パジャマ、靴下などなど、思うままに見て歩く。通り過ぎる人も先生に気付く様子はない。

「きょうの変装は完璧だね！　誰も気づかない」

うれしそうな先生。

先生はとにかく決めるのが早い。あれやこれやとほんの数秒で選んでしまう。

「あんたも買いなよ」

と言われたときは、

「待ってました〜！」

とありがたく便乗させてもらう。

法衣のとき以外は、家ではほとんど洋服を着て過ごしている。人前でおしゃれをすることができないので、自宅にいるときの服装はTシャツにパンツ姿とほぼルーティーン。あまりに同じものばかり着て部屋を出てくるので、

「もうその服、見飽きた」

と文句を言った。

「え、でもこれ気に入ってるし。新しいの出すのもったいないじゃない。誰に見せるわけでもないのに」

と言うので、

「この間、白いパンツ買っていたでしょう。せっかくだから穿いたらどうですか？　いつ着るの？　もう死んじゃうよ」

と伝えたら、

「洗濯するのが面倒」

と言いながら、渋々着替えてきた。

「先生が洗濯をするわけじゃないのに（笑）。でもよく似合ってるよ。タンスの中にたくさん入っているでしょう。わたしたちをもっと楽しませてよ」

と大げさにほめたら、嬉しそうにしていた。

病気をする前は講演などに出かけたときによく買い物をしたけど、体調を悪くしてから

は講演を控えているので外に出ることも少なくなった。東京に行ったときは、宿泊する帝国ホテルの中にある高級ブティックをのぞくこともある。

「お見合い用に買ってあげるよ」

と言われたときは、

「えっ！　本当に!!」

と心がうきうきした。

「これがいいなぁ」

とわたしが言うと、

「いいよ、それで」

と先生。

「でも……値段が……」

どれどれと値札を見た先生が、

「えっ。50万円!!」

と目を丸くした。

「こんな服、50万円に見えない。それなら現金の方がいいでしょ～が」

と店員さんに聞こえるほど大きな声で言ったので、思わず手で口をふさいだ。

「次に行こう」

あんなにたくさん試着したのにもかかわらず一着も買わずに店を出た。店員さんはきっと先生を見て「しめた！　今日の売り上げノルマ行く」と喜んでいただろうに。

そういえば、現金でくれるって話は？


流行りのファッションも気になるようで、わたしが新しい服を買うと、頭の先からつま先まで、

「ふーん」

という顔でチェックする。

「好きな服を着て、髪の色も七色に染めたっていいじゃない。好きなことをしましょう」

と法話では言うけれど、わたしにはよくケチを付ける。

ほめることが多いのは、赤・黄・紫色など鮮やかな色の服を着ているとき。先生が好きな色だからだ。分かりやすすぎる。

「ファストファッションで、１０００円だった」

と説明したセーターを、

「え〜！」

と驚きながらも、

「安っぽいね」

とバカにする。でも、

「いいじゃない」

とちゃっかりネコババ。気づいたときには先生のタンスにしまわれていた。

先生が好きな色は黄色、紫、そして赤。実は、タートルネックや、前にボタンが付いたシャツにあこがれている。先生は手足が短いので、袖や裾を折り返している。七分丈と思って買ったデニムのパンツは、ぴったりだった！　あっ、五分丈だったかも⁉

タートルネックに関しては、

「先生、これ素敵よ」

とわざとすすめてからかう。

「私が着たら目の下まで隠れちゃう」

と自分の首が短いことを自虐し、先生ものってくれる。

「あれ？」

通信販売で届いた服を見て、想像と違ったのか、首をひねっているところが、とてもかわいい。いつも若くて背が高いモデルと、90代で１４６センチの先生とは違うって言ってるのに……。こんなにからかっていること、またファンの人に叱られてしまうかな。

猫の絵がプリントされているかわいすぎる靴下、ポケットがクマの顔になっているリラックマのパジャマなど、わたしとおそろいにしたりもする。それを着こなしてしまうんだから本当に驚く。先生の方が似合っているんじゃないかって思うこともある。


「先生に似合うな」

と思って、わたしが先生にプレゼントした洋服を、

「まなほ、これ着ないからあげるわ」

と言われたときは、

「先生⁉」

と怒った。わたしがあげたんよ！

別の日には、わたしが選んだものを、

「これ、あげるよ」

とほかのスタッフに、わたしの目の前で渡していたのを目撃したことがあった。そんなときは黙っていないで先生に言う。

「もういちいち名前書いとかなきゃいけないね！　これは〝まなほより〟って」

と言うと、先生は爆笑する。

笑っている場合じゃないよ!!


先生は坊主頭だから、見た目はずっと変わらないけれど、わたしが髪型を変えたりすると、すぐにケチをつける。

「あなたのために言っているんじゃない」

と目ざとく見つけては、文句を言うのだ。前髪を切った翌日に、

「切らない方が良かった」

と言われたときは、さすがにムカついた。基本的にはいつもけなされているけれど、わたしが気に入ったのだから、褒めてくれたっていいじゃない。

「まなほはおでこがキレイ。だから前髪で隠さないで出していた方が素敵」

そう決めつけている先生は、わたしに前髪ができたことが気にくわないらしい。来客があるときに、わざわざわたしを客間に呼び寄せて、

「この前髪どう思う?」

「おでこは出しておいた方が良いと思わない?」

とお客さんに聞いた。はじめは気に入っていてもこんなに毎日言われ続けると、さすが

に新しいヘアスタイルが嫌いになって、最後には「早よ前髪伸びろー！　もう死にたいよー‼」と叫んでいた。

さすがに言いすぎたと思ったのか、ふてくされるわたしを見た先生は、「いや、見慣れてきたら、それもかわいいよ」と機嫌をとってきた。

先生は自分が気に入っているものを人に押しつけるクセがある。わたしの場合は「おでこを出すこと」。編集者などには、基本〝おかっぱ頭〟を勧めている。自分が好きだからで、その人に似合うわけじゃないから、鵜呑《うの》みにしないように気をつけなくてはいけない。

先生が何か言い出すと、「また始まった……ガミガミおばば」とわたしが心の中で思っているのは秘密だ。こんなこと書いたら、「もう言ってあげないよ！」と怒る顔が想像できる。

キレイになるためにあらゆるものを試すわたし。肌がキレイになるようにと、毎晩、顔が真っ白になるまでクリームを塗りたくっている。先生は最初その顔を見たとき、

「気持ち悪い。食欲がなくなる」

と一蹴。でも、

「ちょっと塗ってみる？」

と聞いたら、

「うん」

と素直な返事。高いクリームを、人のものだからか気持ち多めに塗りたくって、嬉しそう。

「何だ、やりたかったんじゃないですか」

と突っ込むと、

「へへ」

と先生。

「これでも、まなほのことは笑えないね」

「今夜、強盗が入ったら、わたしたちの顔を見て逃げますね」

と大爆笑した。


あるとき、ジェルネイルでぴかぴかになったわたしの爪に気がついて欲しいと、先生の腕に両手を乗せてみた。そんなときは、

「何？　何⁉」

と、わたしのことを頭の先端から、足の先までながめまわす。

「髪の毛の色を変えたの？」

「違うよ、先生」

「えっ」という顔で、もう一度見つめ直すので、両手をグッと押しつけた。

「あっ！」

と気がつくと、

「あ～爪ね。そんなことする時間がもったいない」

と呆れている。

「いいよ～」

と言うけれど、いつか先生にも塗ってあげたい。だって、おしゃれは手元からって言うじゃない！


わたしがつけているピアスにも興味を持っていたので、

「ピアスの穴を開けてあげようか？」

と聞いたら、

「そんなの恐ろしい!!」

と拒否された。でも、

「先生、今はまつげではなくて、人工のナイロン毛を自分のまつげに接着剤で付けていく『マツエク』が主流なんですよ」

と言うと、

「やってみたい」

と興味津々。

ここでまたまた「サロン・ド・マナホ」の開店だ。撮影でメークさんが付かないときには、先生の好みに合わせて、わたしがメークを担当する。チークはほんのり。リップは薄付きに。アイシャドーをした後には、つけまつげを付けて完成!

先生は、

「眉毛は自分で描く」

とこだわるけれど、眉毛以外はわたしに任せてくれてる。

いまのつけまつげは、昔よりも軽くて付けているのを忘れるらしく、撮影が終わってもそのままでいることが多い。

「目が大きくなった」

と鏡をのぞき込む背中に、

「もうこっちはプロなんで。お金をもらってもいいぐらいですよ」

と言ったら、

「死に化粧もしてね」

と振り返られて、ギョッとした。

「ほかには、どんなことをするの？」

「そうですね。いまは女性だけではなく男性も脱毛に通います。あと女性は全身脱毛をしている人もいるんですよ」

と説明すると、

「えーーー!!」

と驚いて、メモメモ。先生のすごいところは、頭ごなしに批判するわけじゃなくて、「知ろう」と身を乗り出してくるところ。「いまどきの若い子は」なんて、絶対に言わない。

「若い人はね、私が知らないことを知っているのよ」

そう言ってファッション以外のことにも、目を光らせている。

Ｔｗｉｔｔｅｒで、英語の「ＮＯＷ（いま）」が流行ったときは、

「どうやって使うの？」

と聞いてきた。

「現在進行形を意味するんです。いましていること、いる場所とかに、『〜なう』として使うんですよ」

と伝えると、会話の中は「なう」ばかり。

「先生。お菓子を食べ過《す》ぎて、太ったなう」

とわたしが言えば、

「どうするなう、みっともないなう」

と返ってくる。先生も、

「お腹空いたなう」

「コーヒー待ってるなう」

といつの間にか使いこなしていた。

この前は、プラムがくるんであったフルーツキャップ（りんごなどの果実をくるむ緩衝材）をプラムから外して、

「これを手首に付けると、手が軽くなるんですよ」

と言ったら、

「本当？」

と言って喜んで両手首に巻き付けていた。

先生が騙《だま》されたことに、誰か気がつかないかなとわくわくしていたら、寂庵のスタッフの馬場さんが、

「先生それ何ですか？」

と不思議そうな顔をして先生の手首を見ていたので、ピンときた先生が、

「あんたもしかして」

とにらんできたけど、

「こんなの騙されるの、うちの4歳の甥か先生ぐらいだよ」

と言ったら、爆笑していた。

「でもね、何か軽いよ」

と真剣に言うものだから、こっちが驚いた（笑）。気になることは、何でも自分で体験して答えを出し続けているのは、先生ならではのことだ。

最近は、先生が30代のときに三谷晴美のペンネームで執筆をしていた少女誌『ひまわり』に掲載されていたビスケットの広告に、「召しませ」と書いてあったのを見つけたわたしが、

先生に、

「召しませって何？」

と聞いて、

「お召し上がりください」

と教えてもらったことが面白くて、おやつの時間などに、

「召しませ」

とふざけて、コーヒーを持って行ったりするのが二人の間で流行っている。

周りから見たら、何がおかしいのかと首をひねるところかもしれないけれど、笑いのツボが似ているのか、はまったらそればかり繰り返して、笑い続けている。

「法話が終わった後に、みんなで言う『団結の言葉』（決めぜりふ）みたいなものがあったら良いんじゃない？」

と話したときは、胸の前に置いた手を横に大きく広げながら、

「幸福であれ！」

と言ったら、かっこいいんじゃない!?　と二人で話して
「さぁ、みんなで唱えましょう！　幸福であれ!!」

と実践して大爆笑。

先生は、本のタイトルにもなった、

「若き日にバラを摘め」

とわたしたちによく言う。怪我をしても、若いときならばすぐに治る。失敗を恐れずに、自分の思うままに生きなさいと。

「書きたいと思うことがある間は、ずっと書いていたい。最期も机に向かってペンを持って死んでいたい。まなほが起こしに来たら、死んでいる私を見つけて驚くの」

それはちょっと困るけど、

「死にたい」

と嘆く先生がいつまでも若くい続けているのは、好奇心を持ち続けて、いつまでもワクワクしているからだ。

とどまることを知らず、どんどん新しいことに挑戦するパワーが先生をいまも輝き続けさせている。

30歳のころ、お洒落〜〜っ！

第8章　恋のこと

理屈じゃないのが本当の恋愛

先生は世間から恋多き女で、夫も子どもも捨てて不倫を重ねてきたという印象を持たれている。そしてそれを隠すこともなく、恥じることもなく堂々と生きている。良い風に見せようとか、世間からこう見られたら困るとか、そんなことは気にも留めず、先生は情熱的に自分の心に従って生きてきた。

そんな先生の反面教師なのか、わたしは先生ほど恋多き女でもなく、自分の心に素直に生きてきたとは言い難い。あまりにも浮いた話がないものだから、先生は不満げで、いつも、

「私があんたぐらいの年齢のときは、もう夫も子どもも捨て家を出ていたわね」

と言われる。確かに、来年で30歳になるわたしはまだまだ未熟で、先生に比べると生ぬるい生き方をしている気がしてならない。

先生はいつも情熱的に生きている。自分を信じているし、前向きにものごとをとらえる。根っからのポジティブだ。でもそれを言うと、

「そんなことはない！」

と否定する。けれど、そうとしか言えない。ネガティブなわたしが言うのだからそうなのだ！

「恋愛はいつも自分をときめかせてくれる」

と先生は言う。

51歳で出家してから肉体の伴う恋愛は一切してない先生だけど、テレビに出てくる俳優を見て、

「かっこいいね！」

と楽しそう。

先生のお気に入りは、嵐の大野智さん、佐藤浩市さん、阿部寛さん、あと韓国人俳優のイ・ビョンホンさんも好き。大相撲が始まると、隠岐《おき》の海《うみ》関の取り組みを食い入るように見ている。テッパンは市川海老蔵さん。テレビや雑誌に出ていると目がハートになっていた。

確かに恋をしているときは、勝手ににやけたり、うれしくなったり、かと思えば涙が出たりと、感情豊かになってそれはそれで楽しかったりする。わたし自身、恋をするとすぐバレてしまう。楽しそうに機嫌よくしているかと思えば、

「もう、何も食べる気が起きなくて……」

と大好きなお菓子に手をつけなくなるからだ。

ただ、わたしの恋愛はあまりひんぱんに起こらない。

寂庵に来て7年目、本当に何もなかったのか、と言われるとそんなこともない。先生は

口が軽いから何でも人にバラしてしまうため、用心した方がいいと秘密にしていることも実はある。何度か好きな人にも出会えたし、お別れもしたし、たくさん泣いた。

わたしは好きな人ができると、その人で心がいっぱいになってしまって、仕事がおろそかになるのが怖い。先生の仕事に影響がでてしまうのと、先生よりその好きな人を優先してしまいそうで不安で仕方がなくなるのだ。

そんなわたしの心情を感じるのか、先生はいつも、

「デートの予定ができたら仕事なんて休んでいいし、どこに行ってもいいよ！」

と恋愛を最優先してくれる。

「いつになったら、あんたの花嫁姿を見られるのかしら。早くしないと死んじゃうから」

出会ったばかりのころから、わたしが早くお嫁に行くことを望んでいた先生。二度も大きな病気をしたので、本当にどうなるか分からないと内心思う。

寿退社をすることが先生への恩返しだと思っていたこともあったけれど、あまりにも結婚の話が出ないので、先生も真剣に焦り始めているのだと感じる。先生もわたしをどうにかしなくてはと必死だ。

わたしは24時間先生のことを考えている。休みをもらって旅行に行ったたって、何をしていても先生のことを忘れることはない。おいしいものを食べると、

「先生もここに連れてきてあげたいな〜」

と思うし、黄色の洋服を見ると、

「先生が好きな黄色だ！　先生に似合いそう」

と思う。悲しいことがあると、

「先生助けて〜〜！」

と思うし、嬉しいことがあれば、

「先生聞いて！」

と思う。今のわたしの頭の中は先生でいっぱいなのだ。

その先生でいっぱいなわたしを、男性は理解してくれるのか？　と思うこともある。


わたし自身は何もすごくなくても先生が日本におけるすごい人だから、わたしが秘書をしているだけで、なぜかわたしまで「すごい！」という扱いを受けることがある。先生の仕事上、有名人にもたくさん会うし、自分では行けないようなお店に同席し高級な食事を食べさせてもらうこともある。また何度かテレビにも出させてもらったりしている。そんな稀有《けう》な経験をさせていただけているのは本当にありがたい。ただ時々、同世代の男の子がわたしの職業を知った途端、引いていくのを感じる。そして周りも勝手に、

「まなほは、お金があったりハイスペックの人じゃないと無理でしょ。そこら辺の男じゃダメだよね」

と決めつけられている。

顔のパーツが大きく、派手な顔と言われ、肉食系に思われ、恋愛も派手なように見られがちだ。わたし自身、周りの勝手な決めつけにものすごく戸惑っている。

本当のわたしは、そんなことは全くなく、草食系で、受け身で自分から告白したことも、高校1年生のときに一度だけ。傷つくのが怖くて、いつも自分の気持ちをぶつけることが苦手なのだ。自分から好きな人に向かうことなんてできるわけがなく、いつもチャンスを逃してしまう。

飲み会があったり、仕事関係以外の出会いがあるときわたしは、自分の仕事が「瀬戸内寂聴の秘書」ということを隠している。

「仕事は？」

と聞かれたときは、

「京都の出版社の秘書」

と答えるようにしている。やはり先生の名前を口にすると、「ぎょっ」となる男性を何人か見たことがあるからだ。

だからわたしはよく先生に、

「先生はヤクザより怖いんだから、先生の名前言ったらみんな引くんだよ！」

と言うと、

「へ～。じゃあ辞めればいいじゃない」

と笑いながら言う。わたしの背後に先生の顔がちらついていても、それでも近寄ってきてくれる男性こそ本物かもしれない！

「いい人がいたら連れておいで」

と言うけれど、先生は意外とあれこれうるさい。何とかしようと、わたしのことを編集者や知り合いに紹介して、

「この子にいい人がいればよろしくね」

と言い回っているけれど、いざ紹介となればその人についていろいろ文句を言う。

わたしとは好みのタイプがまったく違うので、わたしが、

「いい」

と言っても先生は、

「ダメ」

でもそう言うと、わたしが戸惑うから先生なりにあまり言わないように我慢しているら

しい。先生も先生なりに考えてくれているのだ（笑）。

でもわたし自身は、いまそんなに結婚したくはないんだよう。結婚相手より好きな人が欲しいんだよう。先生のそばにもっといたいんだよう。

ただ、どの占い師からも言われるわたしの婚期は30か31歳ということを、わたしは本気で信じている。だから今、余裕ぶっているのかもしれない。先生にもそれは伝えていて、

「大丈夫だから」

と言っている。それを聞いて、

「占い師より私の方がよく当たるのに！」

と自慢する。

わたしは恋愛体質ではないし、好きになるスイッチが入るのも遅い。好きと思えなければ付き合えないし、なんとなくじゃ生きられない。面倒くさいと言われれば、面倒くさいけれど、

「何となくいいか、付き合ってから好きになればいい」

と言えるほどわたしは前向きでもない。

好きになればずっと好きでいられる気がするし、海より深い愛情を注げる気がする。好きになった相手に、

「不可能なんてない！　空も飛べそうなくらい無敵！」

と感じられる気持ちにさせてあげることができるし、わたしが考えた変なダンスを踊って励まし、毎日笑わせることだってできる。

先生はいつも、

「まなほと結婚したら、本当に毎日楽しいだろうね、毎日笑ってばかりいるもんね。料理は下手だけど」

と繰り返す。

「最後のひと言、余計でしょ」

と思いながら、そう思ってくれる人いたらいいなぁと想像する。

好きな人と別れるとき、わたしはいつも先生に泣きつく。先生はいつもわたしのことをかばってくれて、

「あんたはいい女だよ。あいつには勿体ない。呑《の》もう！」

とウイスキーを、リビングの奥にあるバーから持ってきてくれて、昼間からやけ酒に付き合ってくれる。そして酔っぱらったわたしは、先生に慰められながらしくしく泣くんだ。なかなか好きにならないからこそ、好きになれた人への思いは強い。そんなに、すぐ立ち直ることはできない。

先生は泣き止まないわたしの背中を優しくさすり、

「何もないより、辛い思いしても、苦しい思いをしても何かあったほうがいい」

と言う。

寂庵に来るおばさまたちにも、よく、

「一人くらい男がいた方がいいわよ、うんと年下の！」

とか言っている。先生には男がいない人生なんてつまらないのだろう。

先生の恋は、いつも激しい。どうしてそんなに相手に尽くせるのか……と驚く。でも今のわたしたちの恋愛の様子の方が、

「信じられない」

と先生は言う。

「あなたたちが話している、付き合うって何のこと？」

「先生。学生時代に付き合ったことは、ないんですか？」

「結婚する前の男女が、話をしたりするなんて、あり得なかったのよ」

「えっ」

先生の恋愛遍歴を思うと、こちらが驚かされる。

「私が学生のころは、結婚する前の男女が気軽に会話をしたりすることはできなかったのよ。誰もいない道でたまたますれ違っただけでも、誰もいないと思っていたのに、両脇の窓のすき間とかから、うるさいおばさんたちが見ていてね。次の日になったら、『あの二人』って噂されていたの。だから会話が簡単にできない分、できることを探してね。男の子はみんなポケットに表紙のタイトルが見えるようにして、岩波文庫を忍ばせていたの。それをチラッと見て、『あぁ、あの人は文学が好きなのね』と相手のことを想像してね」

「それじゃ、進まないじゃないですか」

「私の時代は、結婚には処女でないといけないという貞操観念があったから」

「えっ！　貞操って何ですか？」

「貞操知らないの⁉　誰とでも簡単にしないことよ」

と先生は言った。「貞操」という言葉を知らないキョトンとしていたわたしの顔が、すごく印象的だったと今でも言う。

先生との話は、平行線のまま。でもそんなわたしたちの恋愛事情について先生は、否定をせず、

「えぇっ！」

とときどき目を丸くしながら、でも楽しそうに聞いている。

「先生はどうだった？」

疑問に思ったとき、わたしはよく先生に昔のことをたずねる。

「先生は奥さんがいた人を好きだったでしょう？　その人の一番になりたいと思ったことはなかったの？　二番目って苦しくない？」

と聞くと、

「私は二番だと思ったことない。いつも自分が一番だと思っていたもの。相手に妻がいるということを知っていて好きになったのだから、後から好きになった私が、奥さんと好きになった相手を別れさせようとしたり、家族を壊そうとするっていうことはおかしいでしょう」

と言い放った。

わたしは唖然《あぜん》とした。奥さんと別れないってことは、結局先生が二番目ってことじゃないか。端から見たらそう思えるけれど、先生はいつも自分が一番だと思っていたんだ。

でもその思いがなければ、先生は妻子がいる人と8年もの間、付き合っていなかっただろう。どんな恋愛においても、相手が自分をどう思っているのか、不安になることはある。でもどんなときでも、大切なのは自分の気持ち。先生はそれがいつもちゃんとあったんだ。

先生の恋愛を振り返ると、ダメ男を好んでいる。姉御肌《あねごはだ》なので、

「私がなんとかしてあげる！」

と張り切ってしまうんだ。多くの女性が持つ「頼りたい」とか「養って欲しい」なんて気持ちはゼロ。才能があって認められていない人が好きなんだ。先生は本当にそこらの男より男らしくてかっこいい。

自分の気持ちに素直でいたけれど、相手の家族のことも尊重していたからこそ、家族から恨みを買うこともなく、訴えられることもなかったのだ。

ある相手とのときには、その人の娘の御祝いの式で、先生が贈った着物を彼の奥さんが着たことがあった。そんなこと普通は考えられないけれど、その奥さんは
「これ瀬戸内さんがくれた着物よ」

と先生に嬉しそうに見せたそうだ。

「わたしは二番目じゃなくて一番がいい」

と先生に言うと、

「そりゃそうね。面倒くさいしね」

と笑った。

プライベートなことなのに、テレビのワイドショーやスポーツ新聞、週刊誌が「不倫、

不倫」と騒いでいる世間を見て、

「不倫の何が悪いの？　好きになってしまったのだから仕方ないでしょう？　好きになるって雷が当たるようなものなのよ。だから、それをよけるか打たれるかしかないの。だって『この人と不倫したい』と思って付き合うわけじゃないじゃない。『この人と恋愛したい』と思って始まるのでしょう。恋は突然、降ってくるんだもの。それは運命なのよ。もちろん、不倫なんてしないで穏やかに死んでいく人もあるでしょうけど、雷に打たれた経験がなく死んでいくなんて私は不幸だと思うわ。たった一度の人生だもの。『好きになった相手に奥さんがいただけ』と思って気持ちを貫けばいい。でも人の幸せを奪った上での、自分の幸せはあり得ないけどね」

と言った。

「世界に残る小説の名作はみんな不倫。源氏物語だって、不倫がなければ後世に残らなかった。音楽だって、素晴らしい曲が生まれる瞬間は不倫が関係していたのよ。『不倫は文化』と言った人がいたわね。そうは思わないけれど、『芸術は不倫から生まれる』と思うの。『不倫は悪い！』とわーわーうるさく言う人は、人を好きになって疲れたことがない人たち。経験がない面白くもない人生を送っている方がつまらない！」

作家の林真理子さんも「小説家で不倫を否定する人はいない」とおっしゃっていた。

不倫をしたことがないわたしは、先生がどうしてそこまで言えるのか分からない。でも先生にとっては、どれも「命がけの恋」だったのだろう。

法話では、先生が35歳のとき、週刊誌に「ある奇妙な女流作家の生活と意見」という見出しで、受けてもいない取材、小説で書いた言葉をつなぎ合わせてねつ造されたゴシップについても触れていた。

「東京の練馬にいたときの話で、新宿まで向かう電車の中で見た中吊り広告にとんでもない見出しが躍っていたから、『誰が書かれたのかしら。かわいそうね』と思って、新宿についてその本を開いたら、大きな私の顔写真が掲載されていてね。〝不倫の親玉〟みたいに書かれていて、私の変な顔と相手の顔の写真まで掲載されていたから、怒り狂って公衆電話から『編集長を出せ!!』と抗議の電話をかけたの。周りの人がびっくりするぐらい、『取材もしないで書くな!!』と怒鳴り散らしたけど、向こうはそんなの慣れた感じで、『はい、はい』と空返事《から》をするものだから、こちらがばからしくなってね。毎日、天に向かって『つぶれろ、つぶれろ』って口に出して言っていたら、半年もせずにその会社つぶれたの。気持ち良かったわ。仏さまを信じていなかったころだから、うらみは口にするべきと学びました。世の中はめちゃくちゃだから、いい人はいい思いだけ、悪い人は悪い目が続くわけじゃなくて、とんでもないことが起こるときもある。だから、どうなるか分からない未来におびえないで、自分が『こうだ』と思ったら、堂々と突き進むだけなのよ！」

女の人の多くが、「うん、うん」とうなずいていたのが印象的だった。

先生は自由奔放すぎるから、真似はなかなかできないけれど、話していて本当にうらやましいと思ったのは、

「愛した男たちのことは、みんないい男だったと言えるわ」

と言ったことだ。

「本当に好きになったら理屈じゃない。この人とは未来がないとか、そういうこと考えられないの、今なの。そんな理屈じゃないのが本当の恋愛よ」

と先生は熱く語る。

今後もし、わたしが不倫をするようなことがあれば、そのとき先生にそばにいて欲しい。

「あんないい男なら、好きになっても仕方ないよ」

と笑って欲しい。たとえ反対の立場になり、自分の夫が不倫しても、

「あんたが料理さぼってるからでしょうが。あんたも、不倫をし返してやんなさい！」

と励まして欲しい。

昔は寂しくて誰かを求めてたこともあったけれど、今のわたしは先生がいるから寂しくない。心が安定していて、先生がいると思うだけでわたしは無敵でいられる。ただ先生は

好き勝手言うから、わたしがたとえ好きな人を連れてきても、そのときはいい顔しても陰で、「まなほの彼、大したことないね、あんな奴、好きじゃない」なんて言うに違いない。

先生にボロボロに言われても、先生とわたしが毎日爆笑しているように、「そんなの、何てことない」と笑い飛ばすくらい、話が分かる人であって欲しい。でも、願わくば先生に気に入ってもらいたい。難しいかな？

わたしにはいつも振り返れば先生がいた。困ったり悲しいことがあれば先生に泣きついて、いつでも先生はわたしに寄り添ってくれている。

先生のように、今のわたしは相手のすべてをそのまま受け入れることが、簡単ではなかったり、多くを求めてしまったりする。恋愛って本当に難しい。そしてわたしは何より素直じゃないし……、かわいくないし……。うじうじ。

いままでたくさんの人を見てきた。先生を通じて知り合う人たちは、人間としてとても魅力的で、情熱的に生きている。

前までは理想の男性像について、「優しい人」「誠実な人」「真面目な人」と言っていたけれど、今は「情熱的な人」「志を持っている人」だと言い切れる。もっと言えば、優しく、わたしが作った料理は、たとえ不味くても、「おいしい」と絶賛してくれ、わたしの考えたおかしなダンスを一緒に踊って（もしくは温かく見守って）くれ、おいしいお菓子を食べさせてくれ、わたしが先生を思う気持ちを尊重してくれる人。

先生のように思うがままに生きることは難しいけれど、わたしも情熱を持って生きたい。そしてこの先どんなことがあっても、先生がいるから無敵だし、乗り越えられる気がする。そして先生の小説のネタになるような大恋愛をして、先生に結婚式に出てもらいたい。わたしのウエディングドレス姿を見て、泣いて欲しい。先生が、嬉しくて泣いているその姿を見て、二人して泣きたい。

もし出戻っても、

「お帰り。次はまだ？」

と言わせてみたい。

わたしは不安になると、すぐ先生に、

「わたしの未来、大丈夫かなぁ？」

と聞く。先生は即答で、

「大丈夫に決まってるじゃない。あなたは幸せになります！」

と断言してくれる。

わたしは、絶対大丈夫だ。きっとまだ出会っていないだけで、わたしにぴったりな人が現れると本気で信じている。先生に文句を言わせないような素敵な人が！

先生はよく、

「私のそばにいるからなかなか結婚できないのかなぁ」

とつぶやくけれど、わたしがもし先生と出会っていなかったら、普通の会社員になり、社内恋愛か何かで結婚をして、すでに2人くらい子どもがいるかもしれない。

「それがわたしの、幸せだったのか？」

いや、違う。わたしは先生との出会いによって、人生が変わったのだ。だから先生と出会えていない人生なんて考えられない。わたしは、今で良かったのだと心から思っている。

ただ、こんなことを先生に思わせてしまうわたしは、先生いわく、

「ウデがない」

のだから、

「明日から、がんばりまーす」

と気のない返事をして、また今日もいつものように先生と笑い合っている。

そんな日々が何とも言えず、それがとても愛おしい。

先生はイタリアンも好き!!
チーズたっぷりのピッツアは幸せな気持ちに♫
もちろん赤ワインと共に

もう、100まで生きるよ!

第9章　緊急入院

寂庵では月に一度、第3日曜日に敷地内のお堂で、寂聴先生の法話の会を開いている。8月と12月はお休み。毎月全国から往復はがきでたくさんの応募がある。約1000通のはがきから、150人を抽選している。

京都の冬は寒い。特に2月は、震えるほど底冷えがする。暖房はあってもしんと冷えたお堂に座っていると、みるみる体の芯から冷たくなる。訪れる方は高齢の方も多い。風邪でもひかれないかと心配になる。

2017年2月19日の法話の会では、事前に当選をされた約160人をお招きした。受け付けは毎回12時半からだけど、正午前からたくさんの人が列を作り、「いまか、いまか」と開門を待っていてくださる。

朝から準備のため、慌ただしく動いていたわたしたちスタッフ。

「外は寒くないかな?」

と窓を開けると、きのうまでの寒さが少し和らいでいた気がした。

取材の人たちは、法話を聞くお客さまでお堂が一杯なので撮影以外ではお堂に入れない。寒い日も、暑いときも、外にあるモニターをのぞき込むなどして、先生の話をじっと聞いている。毎回足を運ばれている記者の方も寒さを気にしていたようだった。1月15日、年明け1回目に行った法話は、雪が25センチも積もる大雪の日だった。スタッドレスタイヤで用心していたタクシーも、地面が雪で見えないほどの道をスリップしないで運転するのは困難と言っていたと、話していたことを思い出した。

「寒いと覚悟をして来たけれど、きょうはコートと手袋だけで大丈夫だね」

「防寒用にヒートテックを2枚重ねにしてきたけれど、やりすぎちゃった。ちょっと暑いぐらい」

と拍子抜けした様子だった。

「寒くないなら良かった」

1月の末に庭で行った週刊誌の撮影では、5分立っているのがしんどそうだった。2月の頭には先生が、少し体調を崩していたので、朗らかな陽気にホッと胸をなで下ろした。

「さぁ、先生行きましょう！」

午後1時前に声をかけ、いつものように手を取りお堂に向かった。

お堂に入ると、ドッと大きな拍手が先生を迎えた。わたしの腕に体重をかけていた先生の手が離れる。

スッと立った先生は、満員のお堂を見て、

「きつそうね」

と気にかけた。

「私からは、すみずみまで見えないからね。見えないところで足をくずして楽にしていいよ」

と言うと、

「ふふ」

とお堂に笑い声が広がった。声を聞いた先生の顔がほころぶ。法話の始まりだ。

「私はね、いま満94歳。毎朝起きたらね。どこか痛くて悪くなっているの。88歳ぐらいで死ぬのが一番良いわよ。90まで生きるもんじゃないのよ。こんなに生きると思わなかったわ」

先生はいつも立ったまま話し続ける。

この日は、「定命」についての話から始まった。

定命とは定まる命と書き、人は生まれた瞬間から、いつ死ぬか寿命は決まっているということ。長生きがしたいと思っても、お迎えがくれば行かなければならない。逆に、死にたいと思っていても、お迎えが来なければ死ぬことはできない。先生は病気も、事故も、自殺も定命だと言う。先生が病気をしたり、たくさんの人を見送ってもまだなお、生き続けているのは先生の定命なのだ。

先生によると、結婚相手も決まっているのだそう。20代で結婚をし、離婚や不倫を経験してきた先生は、

「別に離婚してもいいのよ」

と言う。離婚するのはなぜなのかというと、うっかり結婚してしまった場合……なんだって。

「私が若い頃は、離婚すると『傷もの』になったと言われたけれど、今は男の人が弱いから。そこにいられないと思ったら出たらいいの。いまは女の人だって、自分が望んで努力すれば、何にだってなれるんだから」

悩んでいる女性たちの目が輝いていく。

「あるとき、座談会のために10人ぐらい女の人を集めて、丸いテーブルを囲んだんだけど、『この中で、離婚したことがある人は？』と聞いたら、『ハイ。ハイ』と次々に手を挙げて、全員手を挙げた。両手挙げた人もいたのよ！ 二度したって。あぁ、世の中変わったなって思いました」

深刻な話を笑いに変えていく。笑うと、深刻な話も、なんとかなるかなと思えるから不思議だ。それが先生の法話の魅力だ。

先生は自分のことも打ち明ける。

「私は夫の教え子にひかれて、この思いを貫こうと25歳のときに家を飛び出しました。家を出るときは、4歳の娘を置いて出たんです。まだ『行かないで』と言えない4歳の娘を連れて出られなかったことが、94歳になった今でも……。もう随分生きて、何にも悔いはないんだけど、それだけは何よりも申し訳なかったなと今でも思う」

先生と娘さんは、その後再会し、今では娘さん家族が年に何度か寂庵に遊びに来るようになった。

「覚悟を決め、思うままに生きてきた」

先生はどんなときも胸を張ってそう言い切るけれど、娘さんのことは違うようだ。

「いまは仲良くしているの。ひ孫も生まれて、遊びに行ったりもするけれど……。やっぱり、育ててこその親なのよ」

いつもその話をするときは、先生の顔の表情が変わる。今も「捨ててしまった」という痛みを抱えているのだ。

しんみりした会場。

「でもね」

と先生が口を開く。

「愛を貫くために、家を飛び出してもいいけれど、そんなにいい男っていないのよ。辛抱なさい」

またゲラゲラと笑う声が響き渡る。

「しゃべると健康に良いのよ」

と、約1時間ほど行う法話では、仏教の教えについて、文学や政治のこと、体験した病気、戦争のこと、日常のあれこれと幅広く話をしていく。

「寂庵にお賽銭《さいせん》泥棒が入った」

と告白したときは、お堂に緊張が走った。

「警察が捕まえたら、『これまでに寂庵には4回入ったことがある』って犯人が告白してね。全然気付かなかったわ。びっくりしたのよ」

またひと笑い。

「笑うことも大事。美輪明宏さんは、鏡の前を歩くとき、ちらっと自分を見て、その中にいる自分の一番良い笑顔をするんですって」

320個の瞳が、ふむふむとした顔で、先生を見つめる。

「最近の私の心配は、いつボケるかだけなのよ」

と話し始めたときは、

「いつボケるか心配しているのに、うちの秘書は『先生は天然ボケだから、もうとっくにボケてる』なんていうのよ」

とわたしが言ったことをばらした。そんなことを言うから、

「寂聴先生にそんなこと言うなんて！」

と先生のファンにわたしが注意されてしまうんだ。怖いんだから！

「うちの秘書は頭の回転が速いから、口も速くて、いつも言い負かされてしまう。口でけんかしても負かされてしまいますけどね。最近は、私の短い足が出るようになったの」

と言うと、会場にどっと笑いが起こる。

頭の回転が速いで止めておいてくれた褒め言葉なのに、必ず余計なことを言って落とすのだ。来てくれた人へのリップサービスもあると思うけれど、ひと言多いんだよなぁ（笑）。

愉快そうに体を揺らして聞いている１６０人。先生は、一人一人を優しく見つめている。

「笑わせるつもりでしゃべっていないのに、みんな笑うの」

自分の面白さに気がついていないから、やっぱり〝天然〟だなぁって思う。

法話の最後には、質疑応答を行う。先生に思いを打ち明けようと、あちこちから手が挙がる。

この日は、パーキンソン病の母親を抱えた女性が、母親を施設に入れたことを後ろめたいと感じているということ。58年前、10代のときに亡くなった母の遺骨を、空き家に置いていたらねずみが食べてしまっていたという話などがあった。いつも、うんうんと聞いている先生も、ねずみの話はさすがに驚いて、聞き返していた。最近遺骨をお墓に入れずに、自分のそばに置いておく人が多くなったと聞くけれど、まさか骨を食べられてしまうとは……。

「よっぽどおいしかったのね。もしかしたら、お母さまはねずみが好きだったかもね。悔やむことはないのよ」

と先生。

「いいねずみだったかも」

突然の話にびっくりして、シーンとなっていたお堂に、再びにぎやかな笑い声が響いた。

ねずみの話の後は、39歳でニートという息子さんの話。先に死んだ夫の遺産もあり、息子が働かない……。理解しがたいと、眉間にしわを寄せていた人もいたが、先生は、

「あなたが恋人をつくって再婚して、息子さんを家に居づらくしてしまいなさいよ！きょうから婚活ね」

だって。まさかの答えに全員絶句していた。でも色恋の話はいつも空気が少し華やぐから楽しい。

「また、会いましょうね」

という先生のひと言で法話は終了した。みんな満足そうだ。

ただ終盤、先生は何度も質問を聞き返したり、落ち着きがない様子を見せていた。最後

の方はろれつが回らないときもあって、胸騒ぎがした。

胸騒ぎの原因は、先生が訴えていた足の痛みだった。足が痛いと言い始めたのは、2月7日ごろ。

「痛くて靴下もスリッパも履けない」

と言う日が続いたある日、

「右足がすごく痛くて」

と言われて靴下を脱がせると、五指とも凍傷を起こしたように赤黒くなっていた。

「しもやけかな？」

靴下を脱がせる間も、

「痛い痛い」

と悶絶《もんぜつ》していた先生。手が触れるだけでも痛いと訴えていた。心配になり、2月13日に病院に行った。循環器系の医師に、

「血流が悪くなっていますね。閉塞性動脈硬化症です」

と診断された。

「血管を広げて、血流を良くする手術を検討しましょう」

とアドバイスを受け、取り急ぎ検査入院をすることが決まった。

「19日の法話は予定通り行って、月末に検査しましょう」

先生も納得し、医師と日程を決めて一安心。何もなく法話が終わればと思っていた。

この日痛がっていたのは、そのときに「痛い、痛い」と言っていた場所だった。

先生をお堂に迎えに行くと、足が痛くて立っているのがやっとというところだった。急いで母屋《おもや》に移動しようと手を引くと、名残惜しそうな人たちに声をかけられ、なかなか前に進むことができない。優しい先生は、まだ「ありがとうね」と握手に応えたりしていたけど、わたしは悪い予感を払しょくしたいと、一秒でも早く先生と母屋に戻りたかった。

「足が……」

倒れ込むように台所に戻り先生を椅子に座らせた。急いで足袋を脱がせた。痛くない方の左足が普段の2倍に膨らんでいた。

足の異常なほどのむくみと、ろれつが回っていない様子を見て、先生の中に何かが起きていると感じた。温めたタオルで足を巻いてマッサージをするが、顔は青ざめたまま。

心配かけまいと口にする言葉が、少なくなっていく。痛み止めを飲ませると少し冷静になったのか、一度眠った。そしていつもと様子が違う自分に驚いたのか、

「ものすごく嫌な予感がするからすぐ入院したい」

と先生がわたしを呼び、細い声でつぶやいた。

日曜日だったけれど、かかりつけの病院に電話をしたら、

「すぐに来てください」

と言われた。午後6時半になって、二人で病院に向かった。医師には、

「法話の際にずっと立ったまま話していたから血流が悪くなったんですね。とりあえず今夜は泊まってください」

と言われた。病院に来てホッとしたのか、点滴を受けるとようやく先生の顔色が良くなり、わたしもホッとした。今朝は寒くもなくて、食欲もあったし、油断してしまっていた。痛い思いをさせてしまったことが悔やまれた。

翌朝、顔を合わせると、元気は良さそうだったけれど、まだ「足が痛い」と繰り返していた。CT、X線、超音波とさまざまな検査を受けていく。予定していたカテーテル検査は、その間にしてもらうことになった。局所麻酔をし、点滴をしながら左肘からカテーテルを入れていく。X線写真を見ると、両足とも主な3本の血管に異常が見つかった。

「両足3本とも血管が細くなっていて、血が通いにくくなっています」

と医師。つま先まで血が通っていなかったから変色していたのだ。

「痛み止めや薬では治らない。ほうっておくと最悪は壊死して切らなくてはいけなくなります」

と次々と医師は状況を説明していく。

ずっと痛がっていた巻き爪の原因も、血が通っていなかったから、なかなか治らなかったのだ。

詰まった血管の代わりを引き受けていたのは、毛細血管と言われ驚いた。血を循環させようと、細い管をいっぱいに伸ばし頑張っていたのだという。検査の結果、心臓の血管も細くなり、1本は完全に詰まっていたことが分かった。黙って聞いていた先生に、

「このまま痛い痛い言いと続けるのか」

と聞くと、

「いやぁ」

と渋い顔。心臓のX線写真を見た医師は、

「足以外に症状が出ていないのはおかしい」

ともっと深刻な状況について触れた。

「心臓がこんな状態だから、本当は息切れをしたり、呼吸が苦しかったときがあったはず」

心臓は狭心症、急性心筋梗塞、心不全が起こるリスクがあると告知される。本人に自覚はなく、わたしもそんな様子を感じていなかったので、唖然とした。

最初はうなずいていた先生は、

「私、あとどれくらい生きる？」

と言い、手術するのも面倒くさそうだった。先生は頭がしっかりしているから、もし自力で生活できなくなったら、先生が一番つらいに違いない。寝たきりになんてなったら、先生が一番つらい思いをするんだ。

そして医師から、

「僕の先輩にカテーテル手術の名医がいる。先輩がいる病院を紹介をするから、そこで手術を受けて」

とアドバイスをいただいてからが、大変だった。

紹介された病院の名を聞いた途端、

「あの病院で知り合いが2人死んだ。絶対に行きたくない」

知人が亡くなった病院に行くなんて、とんでもない。感覚的にイヤだと、かんしゃくを起こす先生を、娘さんとわたしが何度も説得した。

「どの病院でも毎日誰か亡くなってるよ」

と言っても、

「あの病院だけはイヤ」

となかなか、首を縦に振らない。紹介してくれる医師も、無理を言って頼んでいるのでとても困惑していた。

入院した病院の医師が紹介してくれた55歳のN先生は、カテーテル手術のエキスパートとされていて、イタリアで日本人といえば、サッカー元日本代表の中田英寿さんか、N先生かと呼ばれるほどの有名人だという。手術の予約が先までつまっているN先生に特別に診《み》てもらえるなんて幸運だ。

「もう、困らせないで」

心に浮かんだ言葉をぐっと飲み込み、

「足を切らなきゃいけなくなったらどうするの⁉」

と脅して、先生を説得し続けた。そうでなくても、

「痛みが全然マシにならない！」

と日々、医師や看護師にどなりちらしている先生がこのままでいられる⁉　痛みをなくすためにはもう「手術」しかなかった。

法話が終わった2月19日の晩に緊急入院した先生。足のカテーテル手術をするために、かかりつけの病院を3月1日に転院した。

「騙されたと思って……」

イヤがる先生をなだめて向かったのだが、転院先の病院は大きくてキレイな部屋を用意

して迎えてくれた。広々とした部屋を見渡して、

「広くてキレイだ」

「なんでもっと早くここに来なかったのかしら」

「あんなボロい病室より、こっちの方がずっと落ち着くわ」

信じられない言葉が続き、全員で耳を疑った。まさに、「ヒィー」だ。何ていう人！


手術はひな祭りの日。3月3日に行うことが決まった。桃の節句を前に、先生がいない寂庵の一室に飾った5段のひな壇を、先生と見つめた日を思い出し、

「先生も早く見たいよね」

と不在の大きさに切なくなった。

ひな祭りの朝、手術室に向かう先生を見送る。部分麻酔をして行うため、意識がある中で2~3時間の手術。左のそけい部から2、3ミリの管を通すため、前日に準備のため陰毛を剃り尿管に管を通して待っていた。出家をして以来、他人に秘部を触られたことがなかった先生は、

「もっと早く死んでいれば」

と悔やんでいた。

術前には、通りにくい血液が巡るように、血をさらさらにする薬を飲んだり、点滴をしていた。詰まりが緩和された術後は、血管が活動し始め血が止まらなくなるので、しっかり止血するまでＩＣＵで状態を観察しなくてはいけなかった。手術直後、ＩＣＵにいた先生は、

「まなほを呼んで」

とわたしを呼び寄せた。ふざけた話をして笑わせ、機械の無機質な音しかしないＩＣＵの中に、笑い声が響いた。

「こんな風に、手術後に大笑いするのはわたしたちだけですね」

先生の手を握り、

「お疲れさまでした」

と声をかけた。ＩＣＵから病室に戻ったのは、５時間後だった。

先生、本当によくがんばったね！　おつかれさま。

手術する前は、「痛い」とぐずっていたのに、翌朝からは、自分で立って普通にスタスタ歩いてトイレに行ったりしていたので驚いた。きのうは絶食だったので、

「お腹空いた」

と、デニッシュパンとコーヒーで朝ご飯。病人らしさはゼロだ。転院して４キロほどや

せた先生。でも絶食する直前、知り合いから「元気をつけて」と大好物の「大市」のスッポンを届けてもらうと、手術のための最後の食事だから、

「明日はがんばろう！」

とぺろりと平らげていた。

6日からは足の筋力を回復するため、心電図を付けてゆっくりと歩くリハビリも始めた。いらちな先生は、早く済ませたいので、「ゆっくり」とかけられる声にもいらいらしているよう。でも早歩きは心臓に負担がかかるから改善しないとね。

足のカテーテル手術の経過は順調。心配なことは、心臓のカテーテル手術をするかどうか決まっていないことだった。手術を勧めていた医師から、

「来週退院してもいいよ」

と言われたこともあり、先生は、

「（足の）リハビリが終わったら一回（寂庵に）帰って考えたい」

と言い始めた。何とか心臓の手術をしない方法を考えているようだった。

「一回帰ったら、もう絶対病院には来ないでしょう」

というわたしに、

「そんなことない」

と言う。

「早く死にたいから、もうこのままで良いです」

と言う先生に様子を診《み》に来た医師が言った。

「長生きするために、手術をするわけではなくて、生きている間、苦しくなく元気よく仕事がしたいでしょう。心臓は発作が起きても、パッと止まらないんですよ。発作で苦しんで、苦しんで死ぬんです」

先生の目が動くのを感じた。

「足の手術を頑張ったし、最後は先生が決めて良いんです。しないならしなくてもいい」

わたしは本当にそう思っていた。医師から、

「周囲から説得されイヤイヤ手術をすると決めたときと、本人が手術を希望して、意欲的に臨むときとでは、結果が違う。持ちこたえられるものも、持ちこたえられない場合がある」と話があった。

医師も娘さんも、全員やった方がいいと思ってはいるけれど、先生が迷っているなら……。わたしは無理に手術をすすめるのではなく、先生の意志を尊重することに決めた。いいじゃないか。自分の体のことは本人が一番分かっているんだから。足の手術は頑張ったじゃないか。心臓については、先生に任せよう。

3月7日の夜に先生から届いたメールに、

【手術します】

とひと言記されていた。

「手術をする」

覚悟を決めた先生の顔はすがすがしかった。

「私やるから」

昨日までごねていたのがうそのようだ。

「やっぱり、やらない」

と言い出さないよう、〝証拠〟のビデオを回すことにした。

先生に、

「手術をするんですか？」

とたずねると、

「やります」

と宣言。その場にいた全員が安堵した。

心臓の手術は3月15日に行うことが決まった。

「仕事をしたくない」

入院中の先生は、手持ちぶさた全開で、ヒマそうだった。飽きないように、ベッドの横に朝日、毎日、読売、そして京都新聞に赤旗。さらに「女性自身」などの週刊誌をずらりと並べた。執筆を再開したときの資料として用意していた本は、

「分厚い本は読む気がしない。こんなんいま読めないよ」

と返された。

時間をもてあました先生は、雑誌や新聞を片っ端から読み、静かになったなと思うと、眠っていた。目を開けたら、また雑誌をめくる……。そんな時間が過ぎていった。

「ご飯がまずい」

と口を開けば文句ばかり。

毎日ベッドの上で、それはヒマで退屈だろう。だからといって仕事をする気にもなれないし。

手術の前に、少しでも血がさらさらになるようにと薬を飲むなどしていたため、看護師さんが点滴の針を抜いたときに、血が噴き出したことがあった。ピューッと勢いよく出た血を、「ワッ!」という表情で見つめた先生。懸命にお手伝いしてくれている看護師さんを別人だと思って、

「さっき来てくれた人は、点滴が下手だから、血が噴き出してパジャマが汚れちゃったわ」

と悪態をつき、

「僕がしたんですよね。ごめんなさい」

と恐縮させていた。そのことを先生に後で言うと、

「ウソ！」

とペロッと舌を出した。

先生は昔から、思ったことをすぐに口にしてしまうため、恩をあだで返すところがある。

わたしが叱ると、

「まなほに怒られた」

と舌を出し、肩をすくめる。

「悪気はないんだよ」

感情でものを言うときがあるから、聞いているこちらはトホホとなってしまう。天真爛漫と言えばそうだけど、人が傷つくことを言っているときはヒヤヒヤしている。先生はそんなつもりがなくても、先生の言葉を「キツい」と思う人もいるのだ。

悪口や噂話も大好き。でも、こんなとき、わたしは先生の人間らしさを感じる。

先生がマザー・テレサのような人だったら、わたしは一緒にいることができないと思う

からだ。きっと自分の汚れた部分に耐えられなくなるだろう。好き勝手言って、好きなようにしている人だから、これまでの間、付いていくことができたのだと感じる。

わたし自身、言葉使いが悪いと言われる。下品なことを言ったりもする。二人で悪口を言いながら、お酒を呑むこともしばしば（笑）。

先生は好きな人のために子どもを捨て、愛のために生きることを選んだ人。夫や子ども、家族などたくさんの人間を傷つけているけれど、先生は今でも娘を捨てたことをずっと悔いている人だ。世間一般では、まるで平気なように思われているが、わたしが先生のそばにいて何よりも一番感じるのは、そのことへの罪の十字架をずっと背負っているということだ。「子を捨てる」ということはここまで人を追い詰めることなのか。わたしは何が何でも自分の子どもを自分の手で育てなければと強く感じている。そうでなければ、先生のように一生苦しまなくてはいけないから。

手術まで頑張ろう。少しでも励みになればと、病室に好きなグランマーブルのデニッシュパンを持ち込んで、レンジで焼いて食べさせると、嬉しそうにしていた。買ってきたシュークリームをおやつに出して、ココアをいれたら、

「おいしー！」

といつもの笑顔が見れてホッとした。

一人になったとき、２０１４年5月末に腰椎の圧迫骨折で約1カ月入院したことが頭に浮かんだ。８月下旬に再入院した際の検査で胆のうがんが見つかり、長い闘病生活を送ることになった日々のことだ。

今回もあのときと同じ。足だけかなと思ったら心臓にも異常が見つかり、生活が一変した。闘病中の本人が一番つらいけれど、それに付きそう人間も同じようにつらい。何もできない自分が悔しくて、無力で。苦しがっている先生を見ると、わたし自身もその苦しさに飲み込まれてしまっていた。明るく振る舞ってはいたけれど、精神的な余裕がなくなっていた。凄く痛がっている先生を見ているうちに、わたしも追い詰められてしまった。

久々に休みを取った次の日、わたし以外の人では話が通じないと、周囲に怒り散らしていたと先生から聞いた。

「自由に休みを取ることも難しいのかな」

と沈んだとき、先生が、

「あんたがいないと、みんな私のことが分からんから、一から話さなきゃいけなくなるし不便だわ。あんたがいないと……」

と繰り返され、その言葉に少ししんどくなった。役に立てることは本望だ。ただ、わたし先生の前で笑えなくなっちゃった……というくらい、疲れと精神的につらいときが何度かあった。

八方ふさがりになったと母に言ったら、

「あんたが、後悔しないようにしなさい」

と言葉をかけられた。

「あぁ、わたしがか……。その発想はなかったな」

「あとどのくらい、一緒にいられるか分からないのだから。あのとき、こうしてあげられたら、こうしていたらと後悔しないように」

繰り返す母の言葉に、背中を押された。

先生はわたしに特別なことを求めているわけじゃないんだ。二人で並んでシュークリーム食べているだけでも、

「あんたと笑ってると幸せだね」

「あんたの顔を見ていると平和な気持ちになるよ」

と言ってくれると嬉しくなる。

同じ空間にわたしがいるだけで、いい。眠っている先生の横で、仕事をしたり。そこにいるだけでいいんだ……。

迎えた3月15日。手術室に入るまでの時間を、いつものように過ごしてもらおうと、パンを焼いて出すと、

「手術前は食べちゃダメです」

と看護師さんに注意された。先生もわたしたちも、知らなかったので、ちょっとあせり、思わず笑った。でもそのくらい、いつもと変わらない朝だった。

先生の頭をそり、シャワーを浴びる手伝いをした。座れないから立ったまま浴びるのは大変そうだった。でも久しぶりに、体を洗えて気持ちよさそうだった。

昼過ぎになり、

「行ってくるね」

という先生の手を握り、

「頑張って」

と声をかけた。

先生が受けた「経皮的冠動脈形成術」は、カテーテルといわれる2ミリほどの細い管を腕から冠動脈に通して、血管の閉塞部位を通過させ、カテーテルの先端にある小さなバルーンを動脈の中で膨らませて、血液の通りを正常に戻すというもの。高齢者の心臓の大手術ということもあり、万が一には命を落とす可能性もある大変なものだったが、わたし

は、じっと祈る……ことはしなかった。

「先生は大丈夫」

特別なことはせず、いつもと変わらずにいよう。テレビに目をやり、昼食をすませ、仮眠をして……終わるのを待っていた。

心臓の手術後は、朝までＩＣＵにいた。看護師さんに、

『まなほがすごい心配しているから、まなほを呼んで』と先生が言っている」

と声をかけられ、ＩＣＵに向かった。

「先生」

と声をかけ、病室に入ると先生は、

「まなほ～～」

と安心した表情を見せた。

変わらない声に、こちらもホッとし笑顔になった。先生の肩をたたき、

「お疲れさま」

と労《ねぎら》った。

横になっている先生に、

「大丈夫」

と聞くと、

「全然、大丈夫」

と返ってきた。

「何ともなかったよ」

「うん」

心臓手術も全身麻酔じゃないから、声もいつもと変わらない。他言できないような、ふざけたことを言って爆笑した。ＩＣＵに笑い声が響いた。

ＩＣＵには娘さんもいた。でも弱ったときに家族に頼るのはおこがましいと思っている先生は、弱音を吐くことはなかった。

勝手なことをして家族を捨ててから、家族と群れずに、一人で生きてきた先生の、家族に対する概念はわたしたちと異なっている。病気になったら、みんなを集めて、みんなに看取られて死にたいという感覚がないのだ。

「こんなときだからといって、こんなときだからこそ身内を頼りたくない。わたしは勝手なことをしてきた人だから」

娘さんやお孫さんは、

「家族なんだから気を遣わなくていいよ」

と何度も先生に言っていた。

昼過ぎに病室に戻った先生に、シュークリームとコーヒーを出す。

「おいしすぎる」

と笑う先生を見て、ホッとした。用事を済ませて戻ると、相撲観戦の真っ最中。少しずつ日常に戻るといいなと思った。

わたしは先生とともに暮らして7年。家を出た今では、日々、自分の家族よりも先生と過ごす時間の方が、長くなってしまった。

声色、表情で先生が好むこと、イヤがること、企んでいることが分かる。

「春の革命」の後、ともに走り回り、同じタイミングで倒れ、ベッドに並び点滴を受けた。お互いに思い合っているけれど、混ざり合わないことがあることを知った。

どんなに距離が近くても越えることができない。越えてはいけないものがあるのだ。

先生の本音はわたしでさえも、完全に理解することができない。

病気は再発の可能性を抱えているが、18日に退院の日を迎えた。朝、佐奈恵ちゃんとわたしで迎えに行くと、先生はきちんとお化粧をして待っていた。

「早く帰ろう」

用意周到で、待ちに待っていたご機嫌な様子に、笑ってしまった。

「1枚撮ろうよ」

3人でソファに並び、スマホで記念撮影をした。

少し小さくなった先生を乗せて、車いすを押し廊下を行く。看護師さんたちにあいさつを済ませ、久々に〝一緒に〟戻る我が家。小さな背中を見つめ、胸が熱くなった。

「今の季節は梅がきれいだろうね」

庭を眺めるのが好きな先生が、病室で横たわり、寂しそうにつぶやいた横顔が浮かんだ。

嵯峨野に向けて車が走り出す。

春の優しい光を受けて輝く桂川。渡月橋を渡れば、もうすぐそこに寂庵がある。

「やっぱりいいねえ、ここは」

先生が深く息を吸い込んだ。

桂川沿いを通るとき、瞳に山々が映ると必ず先生が口にする言葉だ。

「本当にここはいい」

わたしは、先生が、

「100まで生きる」

と言った日のことを頭に浮かべていた。

それは足のカテーテル手術が終わった3月3日。足が動かないようにベッドに固定された先生と二人のICUでのこと。

「私、このこと書くわね。胆のうがんやら、骨折やら……。こんな自分の体を色々したなら、すぐ死ぬのはなんか悔しいし、私、100まで生きるよ」

「生きて欲しい」

と思った。でもいつも、

「死にたい、死にたい」

という言葉ばかり聞いていたから、生きて欲しいと思う気持ちと同じくらい不安があった。

わたしがもし、95歳まで一人で生きていたら……、死にたいと思うのではないだろうか。話が通じる面白くて魅力的な作家たちはもう亡くなった。そして次々と自分より若い人が亡くなっていく。したいことも全てしたと言い切る先生は、

「今生きる楽しみはもうない」

といつも言う。あの世に行けば気の合う仲間や、そしてかつて愛した男たちにも会えて毎日楽しいことだろう。

「１００まで生きる」

そう言い切ったときの先生を見て、宇野千代さんが、

「私、死なないような気がする」

と言った途端に亡くなられたことが、わたしの心を呪文《じゅもん》のように縛った。

前向きな言葉のはずなのに、希望を全く感じなかった。年齢的に、いつどうなるか分からないから。生き死には、先生が決められることじゃない……。

「死にたい」

って言いながら、１００まで生きて欲しい。

「やっぱり、書くことじゃないかもね、このこと。書くほどじゃないね」

と気持ちがうろちょろする先生に、

「１００まで生きるんだよね」

と言ったら、黙っていた。

「１００まで生きるなんて言ったら、死んだりするかもね」

と言ったら爆笑していた。

きっと緊張感でいっぱいの再会をするはずのＩＣＵで、わたしたちは声をあげて爆笑していた。

どんな時も笑っていましょう。先生が笑ってくれたら、何もかもどうでもよくなるくらい嬉しいから。

病気も全部、笑って吹き飛ばしてしまおう。

先生、笑っていて！

タクシーを降り、よたよた歩く先生を玄関先まで連れて行く。先生のしわしわな小さな手をギュッとにぎった。

「今夜はごちそうだよ」

「みんなで一緒に、先生が大好きなお肉をたっぷり入れたすき焼きと、そうそうお寿司もとって食べよう」

久しぶりに囲んだ食卓で、シャンパンも開け、乾杯した。

第10章　若草プロジェクト

自分のことばかり考えてはダメ。
自分と日本、自分と世界、自分と宇宙。
といつも意識しなさい

永山則夫事件を担当した大谷恭子弁護士と親しい先生のところに、２０１５年の夏ごろ、大谷さんと、元厚生労働省事務次官の村木厚子さんが、貧困や虐待に苦しむ少女や若い女性を支援する「若草プロジェクト」の立ち上げについて相談にやってきた。

「まなほ、あなたも参加したら」

先生のひと声で、わたしも２０１６年10月にスタートした女性支援のプロジェクトに理事として参加することになった。

実情を知らないわたしは、まず「知ること」から始めることにし、行動あるのみ。現状を知るために、支援者と実際どのような場所に少女たちにとっての危険が潜んでいるのかを、直接夜の街に見に行くことになった。

ネオンが輝く繁華街。仕事帰りの会社員や大学生たちが、入る店を探して歩いている。化粧品や洋品店の紙袋を下げて歩く女性たち。いつもと変わらない見慣れた景色が広がっていた。

「ほら、あの子」

支援者が目を向けた先に、キャリーケースをゴロゴロと引っ張る女の子がいた。

家を出て行き場所がない女の子たちは、衣類や化粧品など必要なものをキャリーケースに入れて持ち歩いているのだと言う。

「冬なのに足元がサンダル履き」「季節感がない服装の子」。注意して観察すると、浮き上がって見えてくる女の子がいた。

「あれが、キャッチ。ほら、女の子に声をかけているでしょう」

気にしなければ、街の景色の中に溶け込んでしまう男たちの特徴は、人の流れに反してこちらを見回していることだ。毎日何千人もの女の子を見ているキャッチの男たちは、女の子の特色をすぐに見分けることができる。見た目が派手など特別な特徴があるわけでもない普通の女の子が闇の中に引きずり込まれてしまうと聞いて、わたしは身震いがした。


彼女たちが求めているのは「居場所」だった。とりあえず朝までいいから一晩眠れる場所。そして何よりお腹が空いている。そのすき間を男たちは、甘い言葉で誘う。

「1日だけ、キャバクラ体験してみない？　寮もあるから、ご飯も食べさせてあげる。自由にしていいよ。友達も一緒でもいいし」

親の承諾やサインもいらない。いますぐに働くことができ、同じような仲間もいる。男たちがかける言葉には、少女たちが欲しいものがすべてそろっていた。

例えば親から虐待を受けていた場合、警察に行けば、親に連絡されてしまう。親から逃げたいのに、元の生活に逆戻りさせられてしまう。行き場のない女の子たちにとって、見ず知らずの男たちの勧誘は、「救い」に変換されてしまうようだった。

言葉巧みな男たちは、「きょうも頑張って。応援しているよ！」などと声をかけ、少女たちの頭をなでるなどして、心をつかむ。信頼関係が結ばれてしまうと、男たちの期待に応えようとする。少女たちは心まで洗脳されてしまう。何よりそれがおかしいとか、変だとも思わなくなる。

それまで居場所がなかった少女たちは、「誰かに必要とされている」ということに応えたくて、男たちに促されるまま、キャバクラやＪＫビジネスなどの仕事が次第にエスカレートし、風俗、ＡＶ出演などの要求に応えるようになっていく。

入り口は広く、簡単に始めることができる。そして簡単に辞められると思って、その世界へと踏み込んで行ってしまう。しかし闇はどんどん深くなっていく。

学生時代の青春って、メークも覚えて、ピアスを開けたり、髪を染めたりして。恋もして、初めての彼氏もできて、友達とプリクラ撮ったり、おいしいスイーツを放課後食べに行ったり。部活に朝から晩まで打ち込んだり、アルバイトに明け暮れて、テスト前には徹夜して勉強したり。親に反抗して「死ね」なんて言ってしまったり、またそれを後悔したり。

そんな、わたしがおくったような学生時代が当たり前だと信じきっていた。その中で親に暴力を振るわれたり、体を売ってお金を稼ぐ子がいるなんて想像もしていなかった。

そのわたしが愚かなのか、ただその現実が知られていないのかわからない。友人に話すと、

「日本のことじゃないでしょう？」

と驚いた顔をされた。

「ううん。日本のことなの。小説でも、ドラマの中の話でもないんだよ。実際起きてるの」

友人は、ただただショックと驚きを隠せないようで、その様子を見て、「知られていない。これが何よりも問題なんだ」と思った。

わたしのように呑気に生きている人間と、苦難の中で生きている人間に分かれてしまうのはなぜなのか。しかもその子たちに落ち度は一切ない。すべて環境のせいなのに。誰にでもキラキラした青春を送る権利はあるよね？　何者かに脅かされて生きる時間なんてなくていいよね？

常に暴力の下で生きている子がたくさんいる。未成年で親の元で生きていくしかないから、そこから逃げ出せないと思いこんでしまっている。

「若草プロジェクト」では主にそんな少女や若い女性への支援をしている。ＬＩＮＥでの相談を内容によっては弁護士に繋ぎ、直接会いに行くなど必要な方法をとっている。連絡

先を記載したティッシュ配りなど、女の子たちが無料でわたしたちとコンタクトできる機会を増やしている。

子を守るべき存在の親が、子どもの面倒を放棄したり、定職に就かず娘に売春を強要したり、我が子に性的虐待を行うケースの多さに驚きを隠せなかった。

話を聞くだけで胸がえぐられるような気持ちになり、精神的に病むほど感情移入をしてしまうタイプなので、このプロジェクトの参加には向いていないのではと思った。でも、「これがわたしなら、わたしの妹だったら」と考え、そして「現実を知ってしまったからには、知らなかったときに戻ることはできない」という思いが強く残った。

ただどうしても、「何不自由なく生きてきたわたし。偽善者じゃないか」という自信のなさと、当事者でもないわたしが彼女たちに寄り添えるのか、という疑問がいつまでも消えないでいた。

そのことをNPO法人「bond Project」の代表、橘ジュンさんに打ち明けた。ジュンさんはカメラマンの夫とスタッフとで困っている女の子たちの支援活動をしている。電話相談、メール相談、そして実際街に出て、困っていそうな女の子に声をかけている。泊まるところがない子には事務所に連れてきて、食事や寝床を提供している。電話で「事務所においで」と言ってもそこまで来るお金もないし、信用してくれない。今は「迎えに行くよ、どこにいるの？」と言って自分から会いに行かないと、待っているだけではダメだという。

ジュンさんはわたしの疑問に対し、こう言った。

「偽善者でもいいの。やらないよりやったほうがいいに決まってるんだから。当事者は自分と重ねてしんどくなることもある。例えば性的虐待を受けていた子は性的虐待を受けている子の話を聞いていると自分と重ねてしんどくなっちゃったり、トラウマが蘇《よみがえ》ったり。自分が経験している、していないの問題じゃなくて、まずこの問題は誰の問題？ってこと。あなたのじゃないよね、この子の問題って考えないと。わからなくてもいいんだよ。また聞きたい、知りたいって思うことや、関わることが大切なの。

私だって『これで彼女たちが救えます』ってものがあればそれが何よりも欲しいよ。でもそんなものないから。だから私は決して満足したことがないの。

でもね、大人が本気になるってすごく大切なこと。私は裏切られたって、何されたっていいと思うんだ。とことんその子の声を聞きたい。葛藤に付き合いたい。それも含めて全部ストーリーだから」

と教えてくれた。今まで胸にひっかかっていたものがとれたような気がした。

ジュンさんは今の少女や若い女性の現状を話してくれた。彼女たちはとにかく「寂しい」

「寂しすぎる」、これは現代病だと。お金がなくても命より大切なものという、携帯だけは絶対に持っていたい。体売って得たお金でブランドのバッグを持って、普通の女の子みたいに振る舞う。誰にも「かわいそうな子」って思われたくない、同情されたくない、だから必死に隠す。

彼女たちは自己犠牲が得意で、周りには悩んでいることやしんどい気持ちを隠し通そうと踏ん張ってしまう子ばかりだという。目に見えないからその裏にある、困っている現状が見つけにくい。何かあっても相手より自分のことを責めてしまう。自己否定も得意なのだ。常に女の子たちは「痛み」と生きている。

ある女の子がつぶやいた、「普通の子になりたかった」と。

女の子たちがどのような状態に置かれていても、キラキラした青春時代を過ごす権利はあるし、体を売ってお金を稼ぐことなんてあってはならないし、親に「死ね」なんて言われる筋合いなんてない。

「いまいる場所がすべてじゃないよ」

と言いたい。その苦しみに押しつぶされないように、一緒になって考えられるよう、その子たちの逃げ場になれるように、わたし自身がしっかり力をつけたいと思っている。

先生が昔からわたしに言っていた。

「自分のことばかり考えてはダメ。自分と日本、自分と世界、自分と宇宙。といつも意識しなさい」


わたしは「若草プロジェクト」に参加するまで、自分の周りの幸せしか考えてなかった。女の子たちと出会い、持っていた人生観をいい意味で壊された。社会と自分の繋がりをこのプロジェクトを通して持てた気がする。

「若草プロジェクト」では、現状を学ぶために定期的に研修会を開催している。ことしの4月には寂庵で、「性的虐待から生き延びるわたしたちにできることは」というテーマで講師を招き、講習会を開いた。

「出会った人とは10年向かい合おうと腹をくくっている。大事なのは最初の数年間。ここでいかに死なせないかが重要なの。みんな『死ぬ、死ぬ』っていうから」

という講師の言葉が印象的だった。

この日、当事者で46歳のTさんという女性に出会った。Tさんは8歳のとき、お母さんを自殺で亡くし、元々暴力的だった父には、妹とともに、カナヅチでたたかれるなど、暴力は母の死をきっかけにさらにエスカレートしていった。

父にAVを見せられ、

「大人はみんなやっている」

と性的な虐待を受けるようになったのだ。

「すぐ終わるんだから我慢しよう」

異常な時間が日常化するようになったこのときTさんは、母を亡くしたばかりの8歳。

わたしは、Tさんの話がショックすぎて、頭の中がぐちゃぐちゃに混乱した。

性的虐待は毎晩繰り返された。父の帰宅におびえ、眠ることができなくなったTさん。

寝不足で学校も休みがちになったそうだ。

夜の街に繰り出した10代のころ。その体を目的に、風俗の斡旋をする男たちや、ヤクザたちが声をかけてきた。

「ご飯食べさせてあげるよ」「こづかい欲しくないか」「きょう、泊めてあげる」。

街で出会った男たちの言葉は、心がすり切れ、傷だらけのTさんにとって、どれも優しく響いた。セックスのときに、「もっと気持ちが良くなるから」とそれがドラッグとは知らされないまま、使われた。ふわふわと心地よく、薄れていく意識。一度覚えると、もう手放せなくなってしまった。

好きな人と愛を確かめ合うのではなく、食べるもの、眠る場所と交換するため、生きるためにセックスをする。

希望もなく生きていたとき、補導され少年院に入った。その後、危険ドラッグはコカインやヘロイン、そして覚せい剤へと変わり25歳くらいから30代半ばまでの間に、覚せい剤使用と所持の罪で6度の刑務所暮らしを経験。5度目と6度目の入所の間には父親がわからない子どもを出産した。

Tさんにとって、薬は「安心して眠れるもの」。アルコールは、「イヤな事を考えなくてすむ。忘れさせてくれるもの」。どちらにも「感謝しかない」と言う。

24歳のときに支援施設に入った際は、

「セックスをしないで泊まれる場所があるのか。駆け引きなしで過ごせるところがあるのか」

と驚いたそうだ。さらに、

「体を提供するなど、返せるものが何もないのに、食事や眠る場所を提供され続けることに苦しみがあった」

と言う。その発想にわたしは驚きを隠せなかった。体を提供する嫌悪感よりも、何かしてもらうなら、自分も何かを返さないといけないという感覚に言葉が出なかった。

それはジュンさんが言っていた女の子にも当てはまった。

「一時保護をして事務所にきて私たちが作ったごはんや、その子用の布団を用意してあげるでしょ？　そしたらものすごく喜ぶのね。『これ私のために作ってくれたの？　ここで寝てもいいの？』って。そういうことされたことがないから。『ゆっくりくつろいで』というとその子がだんだんソワソワしてくるの。何していいかわからなくて。いつも暴力の中で生活していたから、『ゆっくりする』ということがどういうことかわからなくて困ってしまうみたい」

と教えてくれた。何かを無条件でしてもらったことがない子は、自分の体を提供して、食べ物なり、寝る場所などを得ていた。それが彼女たちの「生きる方法」だったんだ。

ジュンさんはある女の子に聞いた。

「たくさんの男に囲まれて、知らない人とセックスするの怖くないの？」

そうすると、

「怖くない、常にそうだから」

と答えたそうだ。彼女たちは常に暴力のある生活の中で暮らしているからそれが普通なのだ。

なぜこの深刻な状況に誰も気づかないのか。

「誰に相談したらいいかわからなかった」

家族に心配をかけたくない。誰にも話せない。自分が我慢すれば良いんだ。時間が過ぎれば……。女の子たちはいつも自分ではなく誰かを守っていた。

自分の気持ちや思いを言語化できない子が多いというのも特徴だ。

「嫌だ」けれど、「嫌だ」と言えないから、泣いたり、暴力的になったりする。「殺してやる」「死んでやる」。言葉などで、人を傷つけているけれど、本当は自分が一番傷ついている。

「困らせる子は困っている子」、という言葉も印象的だった。

過食嘔吐や自傷行為などで、自分を直接傷つけていく。

たとえ最悪な状況から逃れたとしても、その子たちを苦しめるのは、「フラッシュバック」「人間不信」「孤独」「自暴自棄」など。ずっと不幸の中にいたから、その中にいる方が様子がわかって安心する。幸せになりたいのに、幸せになると不安になるという声もあった。

彼女たちの抱えている問題は簡単に解決できるものではないことがわかる。深刻な問題だ。

29歳になってもまだ弱い、大人になりきれていない自分にうんざりする日々。

でも先生との出会いで、

「もっと強くなりたい！」

という思いが生まれた。誰かにではなくて、自分が望む自分に追いつきたいと思うようになった。もう自分のことだけ考えていればいいなんて、そんなことは言えない。

学んだことは、先生にすぐ報告している。すると先生は、

「戻ってくるたびに、新しいことを覚えて賢くなる」

と褒めてくれる。

そうやって認めてくれる、居場所を作って待っていてくれる先生がいるから、くじけても頑張ろうと思えるのだと思う。

まだまだ知らないことばかりで、無知な自分。現実を知ってショックを受けて、目を背けたくなる気持ちも正直、何度もある。弱すぎる自分がこのプロジェクトに参加していてもいいのか、まだ答えが出せない。でも、でも、わたしが逃げてどうするんだって。

ジュンさんが言っていた。

「女の子たちの『生きる力』を信じたい。何度死んでもおかしくない状況の中を生き延びてきた子たちばかり。周りからは誤解されてしまいがちな行動をとり、態度が悪くて言葉足らずで、約束も守れなくて傷ばかり増えて、ボロボロになってもそれでも健気に生きている彼女たちが愛おしいし、やっとの思いで発してくれた言葉を感じて一緒に考えたい」

わからないからわかりたい。知らないから知りたい。

今はこの気持ちだけで彼女たちと向き合いたい。

たくさん楽しいことあるからね。困っている女の子の力になりたいって本気で思っている大人もたくさんいるってことを忘れないで欲しい。「この世は終わり」じゃないから。何かあったらいつでも「若草プロジェクト」に連絡してきてください。

あぁ、わたし、もっと強くなりたいな、本当に。

くまちゃんのクッキーを添えて
生クリーム一杯のケーキより
アップルパイやチーズケーキ
チョコレートケーキを好む先生
くまちゃんのクッキーは真っ先に頭からかじっていました(笑)

くまちゃんかわいそう

痛いよ

第11章 天台寺

私は人にパワーを与えている
と思っていたけれど、違ってた。
同じだけ出会った人から私がもらっている

「あの山も、この河原も。100年、200年前と変わらない。それってすごいことじゃない？　この景色が好きなの」

桂川沿いを通るとき、いつも先生が口にする言葉だ。

「私が生まれる前からあるのよ」

先生が生まれる前……。そう言われると、毎日目にしている景色も違って見えるから不思議だ。


2017年2月19日に法話を終えた夜、足の痛みを訴えた先生。病院に向かうと、

「手術した方がいいと思います」

と診断され、検査を早めそのまま入院することになった。検査の結果、すすめられたのは、脚と心臓にカテーテルを入れ、詰まってしまった血管を広げるという大手術。突然のできごとだったが、何とか二度の手術を乗り越えて、3月18日に退院の日を迎えた。

3月3日に行った足の手術の後、

「まなほを呼んで」

とICUに呼ばれ、その中で先生は、

「私このことを、朝日新聞の連載に書くわ。こんないろいろな目にあったから書かないと

もったいない」と話していた。連載で先生は、

「この世も、あの世も無だ」

という夢を見たことを記していた。昼寝から目覚めた先生が、あわててスタッフを呼びつけ、書き留めるように言った言葉だ。先生はあのとき、何を見たのだろうか。

退院した日の夜は、シャンパンで乾杯した。味気ない病院食ではなく、好きなものを食べることができる久しぶりの我が家。「何を食べようか」と考えに考えて、すき焼きとお寿司とシャンパンで快気を祝った。

「家主がいると、やっぱり違うね」

部屋に広がる笑い声が、わたしたちスタッフを安心させた。

「明日から、ぼちぼちやっていこう」

たくさん食べて笑った夜。久しぶりに自分のベッドで横になった先生は、午前2時ごろまで寝付けなかったそうだ。ゆっくり休んで欲しいと、そっとしておいたら翌日、目を覚ましたのは、お昼目前の11時だった。目が覚めた先生は少しけだるそうだった。

「痛みは？」

「大丈夫。でも、しんどいわ」

「少しでも体を動かそうよ」

とうながし、廊下に連れ出した。約25メートルほどの廊下を2往復。たちまち息が上がってしまう。

「歩くのがしんどい」

本当にしんどそうだった。

「寝てるときが一番楽だよ」

ペンも握ることができないほど、悲痛な日々を過ごした、胆のうがんの闘病生活を思い出す。あのときは、91歳の老婆を主人公にした原稿用紙5枚の小説『どりーむ・きゃっちゃー』を1日で書き上げ、復帰作となった。

「小説を書くことが快楽」

と話していた先生。病院生活の疲れが取れたら、また書き始めるだろう。リハビリに専念しているうちに、普通の生活に徐々に戻していけたらいいな。

3月19日に予定していた法話は、退院の翌日ということもあり休みにした。朝日新聞の連載も休載せざるをえなかった。

「何かあったのでしょうか」

敏感な読者から、たくさん新聞社に問い合わせがあったと聞いた。

「いつまでもぐずぐずで、早くしゃきっとしたいわ」

そう口にする先生だが、なかなかそう簡単にはいかない。長い間、ベッドの上で過ごしていた体は、思っていた以上に筋力が衰えていた。思うように動いてくれない入院期間が1カ月なら、退院後普通の生活に戻るのも同じ1カ月くらいかかるらしい。先生は年齢的にその倍かかるとのこと。

動くとしんどいからと、じっと座りっぱなしでいると血液が循環せず、エコノミークラス症候群になってしまう。少しでも歩き体中に血が回るようにみんなで励ます。救いは、食欲があること。朝はジャムをつけたパン、コーヒー、コーンスープを、

「おいしい」

と一気に食べた。

毎日少しずつでもいいから歩いて欲しいと、

「マンサクがきれいよ」

とか声をかけて廊下に誘う。きょうは、

「しんどい」

と言わなかった。先生はいらちだから、サササッと速く歩いて終わらせたいみたいだけど、心臓に負担がかかるので、

「ゆっくり休みながらにしましょうね」

と伝えると、口をとがらせ面倒くさそうな顔をする。

3月の最終日。まだ書く気は起きない。すべては先生次第。先生が書きたくなったらでいいから、焦らずに。

4月8日の花まつりの行事を復帰の目安としてがんばろう。佐奈恵ちゃんと馬場さんと今後の予定の目処《めど》をたてた。

ずっと部屋の中にいたので、こんな気持ちのよい外の風や太陽の光を先生にも感じてもらいたくて、

「縁側に出てみない？」

と誘った。

「そうね」

先生は珍しく乗り気で。その返事にうれしくなったわたしはすぐさま座布団を持って
「どうぞ」

と先生に座ってもらった。

「ここは気持ちいいねぇ」

そよ風に揺れる木々の葉。大好きな庭を見つめ、朗《ほが》らかな顔を見せた。

愛犬のよるるを先生の見張りとして隣に座らせると、

「来たの」

と先生がよるるに話しかけた。

「ずっと部屋の中にいるからね。お日さま、気持ちいいでしょう？」

「本当ね」

「どうせなら、そこに座ってゲラでも読んだら」

と声をかけると、

「そうね」

とうなずいた先生にゲラを手渡した。用紙に反射した光がまぶしかったのか、

「まぶしくて見えない！　目が痛い」

と目を細めた。

それは大変！　部屋に戻り日傘を探して先生に差しかけると、先生は器用に傘を待って原稿に目を通し始めた。

横で丸くなって寝ているよるると先生の姿がほほえましくて、そっと写真に収めた。こんな日がまた迎えられるなんて。体中がホッとしたのが自分でも分かった。

お釈迦さまの誕生を祝うように、晴れた朝。久しぶりに法衣を身にまとった先生は、

「重いし、法衣着るのやっぱり大変」

と言いながらも、その姿はキリッと引きしまっているように見えた。あたりまえじゃない、とつくづく思う。約7週間ぶりの公の場。参拝者が集まるお堂に先生が入ると、

「ワァッ～！」

と声があがった。大ごとにならないようにと、黙っていた約1カ月の闘病生活を告白していく。

「心臓がとても悪いと言われたけれど、自分では全然自覚がなくて。細い管を入れる手術をしたの。これはもしかしたら、『死ぬかな』と思ったけれど死なないのよね」

みんな知らなかったから、思わず涙ぐんでいる人もいた。

天上天下唯我独尊。お釈迦さまがお生まれになったときに、口にされたという言葉だ。先生はこの「唯我独尊」について、

「『死にたくない』と思っても定命がくれば人間は死ぬんです。天にも地にも自分の命は、ただ一つだけだから大切にしなさいという教えだと思うの」

約8分の間、立ったまま話し続けた。人の前に出ることができたことは、本当に大きな一歩だった。

「愛した、書いた、祈った」

先生は前回の闘病のとき、天台寺にあるお墓の墓石に刻む言葉を決めた。書いた――先生は400冊以上の作品を世の中に送り出し、読んだ人の苦悩や喜びに寄り添ってきた。ペン一本で生きてきたその人が、

「書く気持ちになれない」

と繰り返す。

「ぼちぼちやっていきましょう」

筋力が落ち、前よりも細くなった足をさすり、リハビリを続けた。ご飯を食べて、お風呂に入る。入院前と同じ生活に戻すことがまず第一優先だ。

ゴールデンウィークには、名誉住職を務めている岩手・天台寺に、法話を行って欲しいと依頼が来ていた。住職就任30年を記念したもので、「ぜひ」と1月から頼まれている。

「横になっているときが、一番楽だわ」

普通の老婆のように丸まってきた背中を見つめると、

「今年は無理かもしれない」

という思いになる。まさか病気になるとは思っていなかったし、ぎりぎりまで先生の様

子を見て考えよう。

休止をしている連載など、書く仕事がたまっているけれど、「書くスイッチが入らない」

そうなれば、わたしはどうしてあげることもできない。

「しんどい、ずっと寝ていたい」

書きたいという気持ちに入るどころか、何かをしたい、誰かに会いたいなど、能動的に何かに向かう気持ちが薄れていることを感じた。本を読んでいるかと思えば、そのまま眠ってしまっている。

天台寺の法話は、5月5日の例大祭に行うことが決まっていた。

「天台寺行けそう?」

と先生に聞くと、

「うん……、行けるかな?」

と先生だけではなく、わたしたちもこればかりは何も言えなかった。

天台寺までは、京都から伊丹空港まで行き、飛行機で花巻空港に行かなくてはいけない。

空港は安心サポートなどのケアがあるけれど、空港からお寺までは、車で約2時間の長い移動が待っている。

「法話の後は、せっかくだから温泉に入ってゆっくりしようか」

わたしの提案を、

「いいね！」

と言っているけれど、体が心配だ。

「先生、大丈夫。わたしたちがいるから行けるよ」

「そうね」

4月末。ようやく書く気になり、机に向かうようになった。


5月4日、天台寺への長旅の始まりだ。先生の手をギュッとにぎると、気持ちが伝わったのか先生も、同じように握り返してきたので、ふたりで目を合わせてうなずいた。

5日の例大祭で法話を行った後は、お墓参りをして、新安比《しんあっぴ》温泉に向かい、7日に戻る予定だ。

「大丈夫。ちゃんと行けるよ」

佐奈恵ちゃんもいてくれるし、大丈夫。

久しぶりに降り立った岩手。先生の秘書にならなければ、一生来ることもなかったかもしれないけれど、法話で何度も訪れるようになり、今はわたしも自分の故郷のように感じ

ている場所だ。なんだか、

「帰ってきた！」

という気持ちになった。

空港を出ると、檀家《だんか》さんが迎えてくれた。車に乗り込み、浄法寺町まで向かう車中、満開とは言えないがキレイに咲く桜が道路沿いに見えた。

「京都はもう、桜が終わってしまったけど、二戸はまだまだきれいね。今年は二度見ることができてうれしいわ」

と先生。来る前は、

「病み上がりだし、しんどかったら行かなくてもいいんだよ」

と先生の体のことを考えて言っていたけれど、檀家さんたちの嬉しそうな顔を見ていたら、節目のときに足を運ぶことができて良かったと思った。もう30年の付き合いになる人ばかりだ。

いまは名誉住職となった先生は、１９８７年に神亀《じんき》5年（７２８年）に創建された天台寺の住職に就任した。明治の廃仏毀釈《はいぶつきしゃく》で荒廃していたお寺では、

「クマとカモシカとタヌキが迎えてくれたのよ」

と先生は言う。

樹齢1500年と言われる桂の巨木が迎える山道は、もとは獣道。先生が晉山して、月に一度「青空説法」を行うようになって整備が進められた。いまでは両脇にアジサイが植えられ、季節になると青や紫の花が来訪者の目を楽しませてくれる。葉や岩の陰には、お地蔵さまの姿もあり、きつい坂道を登る足を励ましている。檀家さんは、わたしが秘書を務める前から先生と長いお付き合いがある人がほとんどで、亡くなった方も増えてきた。30年という長い年月を感じる。

迎えた5月5日。空は気持ち良く晴れていた。迎えの車に乗り込んで午前11時前に天台寺に到着した。国の重要文化財に指定されている本堂は現在、保存修理工事中。覆いが掛けられた本堂の前には、すでにたくさんの人が集まっていた。

「あら！　もう人があんなに来てくださっているわ」

境内には、午後1時半からの法話を待つ人たちが座り込んでいた。

寂庵に入ると、

「おかえりなさい、先生」

と両手を合わせて檀家さんたちが迎えてくれた。先生も手を合わせて感謝する。わたしは早くもある場所が気になっている。

それは〝お台所〟。毎回檀家さんの奥さんたちが腕によりをかけて振る舞ってくださる料理。わたしはここでいただく、おいしいものが大好きなのだ。法話が終わるまでは我慢、と言っても我慢できずに食べちゃうけど……。法話が始まるまで、おにぎりを握ったり料理を大皿に盛りつけしたりとお手伝いする。

いまでは顔見知りになった檀家さんたちだが、最初は方言がきつすぎて全くもって理解できず外国に来たような感覚になった。

年長のみどりさんに、

「かれーすきか」

って言われたときは、

「カレーが好きか？」

と聞かれていると思って、

「はい、大好きです」

と返したら、みどりさんの頭の上に、

「？」

が浮かんでいたので、

「えっ??」

「もう一度」

とたずねたら、

「彼氏できたか？」

という意味だった。何を言っているのか分からなくても、今は適当に返す術《すべ》を身につけた。

台所に来た先生は、

「まなほといると楽しくてね。いつも朝から笑わせてもらっているのよ。この人、あんまりおかし過ぎて、だからもらい手がないのかしら」

と檀家さんたちに余計なことを言っている。

説法までの間は、二戸大作太鼓奉納、舞楽公演、駒ヶ嶺新山神楽奉納などの行事が続けられていた。日が高くなるにつれて、気温がどんどん上がっていく。

「このところ天気が良くてね」

5月の平均気温は18度前後と地元の人が話していたけれど、この日の最高気温は23度にまで上昇。こんなこと今までなかったほど、東北の5月にしてはカンカン照りの暑さだった。じっとしていられない先生は、窓から外の様子をうかがっていた。

「もう、人がいっぱいだし、出て行った方がいいんじゃない」

法話を1時間半後に控えた正午過ぎ、５０００人がぐるりと本堂を囲んでいた。先生の姿を一目見ようと、山の斜面に座っている人もいる。

出て行こうとする先生に、

「1時半を目指してくる人もいるから」

と説明したが、

「もういつでも始められるんだけど」

と納得いかない様子。

「後ろで休みましょう」

とうながして、窓から離れさせた。先生はいらちでじっとしていられない。物事には順序があるのだから守らないと！

『瀬戸内寂聴天台寺名誉住職晉山30周年記念特別法話』と題し、行われた青空説法。

先生が本堂へと進むと、

「わーーー」

と歓声が出迎えた。拍手に頭を下げる先生。屋内でも額に汗がにじんでいたが、太陽の下に出ると体感温度がぐんと上がった。

法話は1時間の予定だ。

「大丈夫かな」

わたしは、

「体調を見て、立ちっぱなしではなく座ったりして調整してくださいね」

と声をかけて送り出した。


「こんなにたくさんの人が来てくださって。本当にありがとうございます」

先生がひと言話し出すと、境内がしんとなった。

1987年に住職に就任したときは、

「寂しいところと思った」

と当時の印象を振り返り、

「水も空気も清らかで、だんだん好きになって、30年目を迎えた」

と話が進んでいく。修復完了まであと3年かかる見込みの本堂を振り返り、

「私はできあがったのをこの目で見られないと思う。もう来られないと思うので」

ここでも、3月に行ったカテーテル手術の話をした。

「95歳にもなって、手術なんてしなくていいですと言ったら、先生が『構わないけど、死ぬとき痛いですよ』とおっしゃってね。痛いのはかなわないなぁと思って手術をしてもらったの」

突然の告白にびっくりして、固まっている人もいる。

「ここにも、もう来られないかなぁと思ったけれど、秘書にしがみついて飛行機に乗せてもらって、きのう来たのよ。来ることはないかなぁと思っていたけれど、朝日新聞で続けている連載に手術をしたときのことを書いてね。書いたら、何か、目に見えない何かが、こちらにいる観音様が守ってくださったかしら。お寺の復興のために、ありったけの力を費やしていたから。私は信心深いお坊さんじゃないから、分からないんだけど。痛い目にあわずに死にたいと思っていたら、気がついたらまだ生きているのよ。いつか、『もう、いいよ』とあっちの世界に観音様が連れて行ってくださると思うの。三途の川を渡るときは、『〝寂聴ツアー〟だ』って言って、大きなフェリーに乗ってね。向こう岸には、先に死んだ知り合いたちが、ずらっと並んで待っていてくれるでしょうね。『やっと来たか』って、歓迎パーティーになるわね」

と話すと、ドッと笑い声が起きた。

笑いが起こると、先生の調子が上がる。ここまで30分間、用意した水も飲まず、立ったまま話し続けている。

胆のうがんをわずらった闘病時に、うつになりかけた経験を語った際は、

「頭の中で考えることが、全部悪いことになっていくのがうつ。私は書いて、読まれるこ

とが楽しいと思って生きている。だから次に何を書こうか、今書いているものがあったらどんな展開にしていこうかと考え始めたら、うつがなくなったの。みなさんもね、自分が何をしたら一番楽しいかを考えると、うつを吹き飛ばすことができますよ」

と解決法を伝授。自分の心に素直に生きるという話の続きは、恋愛へと展開し、

「自分が真実と思うことは全て貫くこと。90歳だって恋愛をしていいの。周りの目なんて気にしないで。赤い服を着たら人が笑うかとか、心配しなくていいの。一度切りの人生なのだから。心が要求することはみんなしていいんですよ。振られたっていいじゃない。不倫だって、恋愛のカミナリが落ちてしまったのならば、貫くこと。自分が死ぬ覚悟をすればいいだけの話なんだから。人の心はしょうがない。だから小説が売れるの」

といたずらっぽく笑った。

「ここでお話しするのは、今日が最後かも知れない」

笑い声がぴたりと止まった。

「私の肉体はなくなっても、魂はここに残ります。だから、『寂聴さんが死んだら、もう天台寺には行かないわ』なんて言わないでね。私はここにいますから。日本一安いお墓も売っているのよ。土地も墓石も、石に刻む言葉の彫刻代も含めて45万円。２００基作って、１８０基は売れたの。あと20基あるから、探している人はどうかしら。私もそこに入るん

です。一緒に入りませんか？　墓石には好きな言葉を刻むんです。誰にも遠慮なんていらないの」

先生の小さな肩が揺れた。胸をふくらませ、

「ふーーーっ」

と深く息を吐き出した。

「足がね、ガクガクしているんです。とても体がつらくて。もう来られないと思うけれど、魂はとどまります。私は南国の徳島育ちだから、（二戸は）雪が降るところが大変だけど、四季折々にいいところがある。人間も素朴で、大好きな場所。必ずまたいらしてください。私のお墓で手を合わせたら、突然幽霊になって現れてしゃべり出すかもしれません。もしかしたら私は、今夜死ぬかも知れないけれど、私たちは今日ここで会って縁が結ばれました」

パチパチパチパチ。

「ありがとうございました」

と会場から感謝の声が聞こえた。大仕事を終えた先生は、カーネーションとアルストロメリアなどでまとめられた、華やかな花束を贈られて嬉しそうだった。

人垣の間をかきわけて室内に戻ると、立っているのもやっとという様子で椅子に倒れる

ようにして座り込んだ。出された水を一気に飲み干した。

「もう一杯」

大きなコップになみなみと注がれた水を、同じように飲み干した。襟元を緩め、冷やした手ぬぐいでうなじを冷やした。頭から湯気が出ている。冷たくぬらしたタオルで顔を拭い、あごの下を冷やすと、目をつぶったまま、

「あぁー」

とやっと声が出た。

「大丈夫だった？」

と声をかけると、

「うん」

とうなずいた。

「座って話すように」

と言ったけど、先生は法話の間、一度も座らなかった。座らないことは分かっていた。たくさんの人を前に座ったまま話すなんてできないと言うだろうから。胆のうがんになったとき、先生が話していたことを思い出した。

「私は人にパワーを吸い取られていると思っていたけれど、違うの。同じだけ出会った人

からパワーもらっていると気づきました」

何時間も先生が出てくるのを待っていた人たちを目の前にして、先生はその人たちの大きな気持ちに突き動かされるように話をしていたのだと思う。

少し休むと顔色が良くなった。ごちそうがたくさん並んだお台所のテーブル。その真ん中に先生が座った。ホッとしたのと同時に、わたしのお腹がグーグー鳴っている。

先生の大好物のおいなりさん。裏の山に採りに行ったという、ふきのとうなどの山菜と、しいたけの天ぷら。焼き鳥、ぎょうざ。煮物に唐揚げ。ジャガイモや卵をマヨネーズで和えたサラダ。ほうれん草のおひたし。わたしがにぎったおにぎり。余ったぎょうざの種で作ったハンバーグ！

天台寺がある山にはわき水があり、おいしい水を使って打ったそばが名物でもある。椅子に座ると、温かいおそばが運ばれてくる。待ちに待っていた至福のとき。

「いただきます！」

とお箸を取って、どんどん食べまくる。箸が止まらないわたしを、先生は驚いた顔をして見ていた。唐揚げを頬張りながら、次はハンバーグにしようと、あれこれとお皿に盛っていくわたしを見て、

「普段、何も食べさせてないみたいじゃない！」

と先生が叫んだ。

ご飯が終わったら、大好きな二戸おやつ。どんぐり堂の「チーズピッコロ」は、わたしが大好きだと伝えてから必ず持ってきてくださる方がいる。寂庵にも送ってくださる。本当においしいの!! 法話の前にお昼を済ませていた取材の人たちが台所に休憩に来たけれど、気にせず食べ続けていたら、先生に、

「あんたばっかり食べて」

と叱られた。取材の人は2時間くらい前に食べたのに、先生に、

「そこにかけて、食べて行きなさい」

と言われ、また食べさせられる羽目に(笑)。

おいしいたくさんのごちそうをたっぷりいただいて大満足。旅の最大の山場を無事に終えることができた。きょう集まった5000人は、

「浄法寺町の人口4066人よりも多いよ」

と言われ、一人でそんな人数を集めてしまう先生はすごいなぁと、こういうときに実感する。

「お墓に寄ろうね」

先生と一緒に、寺がある八葉山の中腹にある霊園に向かう。ほほえんで寄り添うお地蔵さまの像が出迎えてくれた。スミレやツクシ、水仙など春の花の間に、芽吹こうとするアジサイの小さな葉を見つけ、巡る季節を感じた。時折鳴く、ウグイス。白い2匹のチョウが、互いを追いかけるように舞っていた。先生のお墓は朝日も、夕日もめぐる風の通り道にある。お墓から見える稲庭岳の山頂にはまだ雪が残っていた。

「また来たよ」

とお姉さんや友人の眠る墓石を、そっとなでる先生。

墓石には、「愛」「和」「感謝」「夢」「絆」などそこで眠る人が、生前に自分たちが決めた言葉が刻まれている。「今日はきてくれてありがとう」。訪れた人を迎える言葉を記している人もいる。

「書いた、愛した、祈ったにしようかしら」

と話していたこともあるけれど、まだ書くことが決まらず、つるつるのまま。

「早く書かないと、『忘己利他《もうこりた》』になるよ」

と半分脅かしているけれど、本当にそうなるかもしれない。そういえば、遺言もまだ書けていない。書く書く詐欺だな。

お墓参りを終え、二戸での予定は滞りなく終わった。先生と一緒に、また来ることができるだろうか。またあの檀家さんたちに会うことはできるだろうか。

「法話の後は、ゆっくりしようね」

入れば「3歳は若返る」と呼ばれている新安比温泉に向かった。何度も行ったことのある「静流閣」には、先生が「らくらく湯」と名付けた「銀の風呂」と、淡褐色をした大浴場元湯の「金の湯」がある。女将《おかみ》さんも何も変わってなく美しく若々しかった。

先生のために女将さんが考慮してくれて時間制の貸し切り風呂にしてくれた。まるでカラスの行水だったけど、思い入れのあるお風呂に入れて先生は喜んでいた。


檀家さんにいただいたお菓子を頬張りながら、今回の旅のことを振り返った。

「不安もあったけれど、一緒に来ることができて本当に良かった。また先生と岩手に来られるかな」

京都から遠いし、正直、先生が一緒じゃなかったらなかなか簡単には行けない場所だ。でも先生を見送った後、先生が最期の場所として選んだのは天台寺だ。先生のお墓参りのために、この先何度も足を運ぶことになるだろう。

ここに来ると、先生との思い出がたくさんあるし、その日々を一緒に過ごした人たちと先生の話をすることができる。先生が繋げてくれた岩手との縁。先生と離れるなんて想像したくないけれど、先生と離れた後、わたしをいやしてくれるのはこの場所なのではないかと感じ、それをとても心強いと感じた。

◆

24時間、先生のことを考えて生きているわたし。地方に来たときは、先生を待っている人がいるから、いつも傍にいるわたしは少し、先生から離れるようにしている。そこの場所の人にお任せして、いただいたお菓子を食べながら、読書に没頭し、温泉を満喫させてもらった。

休みの日も、携帯電話の電源をオフにはできないし、先生と離れているときも完全に頭をリセットすることは難しい。出会ってからいままで、かけずり回ってきた。休まないことが美徳と思っていたところもあったと思う。でも、

「リフレッシュしてちゃんと休みをとるとまなほも気持ちよく仕事ができるでしょう? オンとオフの切り替えをすることで、仕事もうまくいくよ」

と周囲の人に言われ、3月の入院時には、思い切って休みを2連休取った。休暇明けの日、わたしがいないときは先生がイライラすると聞いたときは、休みをとった罪悪感を感

じたときもあった。基本、わたしは先生に直接気持ちを訊ねるようにしているので、

「なんか機嫌悪かったらしいですね。周りを困らせたんじゃないんですか？」

と先生を突っ込んだりもした。突然の入院・手術に先生も、気持ちのやり場がなかったのだと、いまは思う。わたしより先生のほうが何百倍もしんどいし、辛いんだと思う。

だからそんなときは傍にいたい。


「先生の最期は、わたしが看取るんだ」

先生の死と向き合えるだろうか。祖父母もまだ健在で、肉親との別れを経験していないわたしにとって、先生との別れは身近な人の初めての死になる。先生の死を受け止めることは、大きな試練だ。

わたしの人生。誰が先生とここにいるなんて思っただろうか。目標もなく、未来に希望ももてなかった学生時代の自分を振り返ると、考えられないことだ。でも、クラス中に無視された辛い経験、海外留学したこと、大学を1年休学して、自分を見つめ直したこと。すべてが先生と縁をいただくために必要不可欠なことだったと信じている。

何か一つでも欠けていたら先生に出会えなかったんだ。

「わたしの人生悲しいことも辛いこともたくさんあったけれど、先生に出会ってすべて

チャラになった気がする」

就職活動での断り文句は、

「ご縁がなかったということで」

わたしはいつも、

「縁ってなに？　縁なんてあるの？」

と思っていた。でも今なら強くそう感じられる。就職活動で断られた企業には本当に縁がなかったのだ。

わたしは、先生と縁で結ばれたのだ。だから守らなくてはいけないという勝手な使命感がある。先生は強い人だけど、先生は孤独だ。孤独を好んで生きてきた。本当に苦しいときに弱音を言える人はいるのだろうか。誰かに心から頼ったりできるのだろうか。

「わたしは死んでも先生を守ります、先生が嫌じゃなければ」

という気持ちでいる。わたしは先生にとって、いつでもなんでも言える、そんな気兼ねない存在でありたい。

「人生経験はないし、頼りにできる存在なんて思えないかもしれないけれど、本当に何か困ったことが起きたら、いつでも言ってね。いつでも、どんなことでも、気をつかわないでいいから。わたしに打ち明けて。いま言ったことは頭に入れておいてね」

「頼もしいね」

と言って笑った先生は、わたしの言葉をきちんと受け止めてくれた。

「あんたがいなくなったらどうしよう。どこへも行けないよ。おらんかったら、なんか心細いよ。あんたがいなかったら……。まなほがいないときは、笑わないんだから」

先生ともっと前に出会いたかった。色んな場所、国に行ったという先生と、一緒に同じものを見たかった。足が悪くなったいまは、わたしよりも前を歩くことはない。徳島の阿波踊りで寂聴連という連をつらなって先頭で踊っていた先生を見てみたかった。誰よりも早く歩く先生に、

「先生！　待ってよ〜！」

と言って置いていかれてみたかった。先生と一緒にしたいこと、たくさんあるよ。

時間は戻せないけれど、でもわたしたちには積み重ねてきたものがある。

寂庵、天台寺、帝国ホテル……。先生の温もりを感じることができる場所がたくさんある。

寂庵の食堂から見える庭の景色が好きで、

「ここは本当にキレイね。こんなにキレイなところはある？　ここでやっぱり死にたいわね」

といつまでも庭をながめていた。

キッチンでは、先生がホットケーキを焦がして、「かわいそうに」と言ったことが浮かぶ。先生の部屋のベッドの上で、お菓子を広げ、気が済むまで食べて、しゃべり続けたわたしに「出て行け」と言わず、うんうんと聞いてくれたこと。

3月の入院から帰って来る前、わたしの紫色の手帳を開いて、3月のページに、

「まなほの仕事ぶりは、殊勲賞です」

と書いてくれたときは、「見ていてくれているんだな」とじんとした。

自分の気持ちをうまく言葉で伝えられないからと、手紙を書いたとき、

「まなほの文章は素直で真っすぐでいい。人はいざ書こうとすると良い風に書きたくて気取ってしまう。ありのままの自分をさらけ出して書くということはすごく勇気がいることなの。それができる人が人の心をうつことができるのよ。あなたは気取らないし、ありのままの自然体で書くでしょう。そこがとてもいいの。なかなかできないことなのよ」

と褒めてくれたことは、わたし自身が書くという新しい光を見つけたことにつながった。先生がわたしの可能性を見出してくれた。書く楽しさを教えてくれた。そのおかげで今は共同通信社で全国の地方紙に連載をもつことができた。

先生は、

「こんな歳でまだ書いているなんて、みっともない」

と言ったりするけど、でも書かなかったら先生じゃない。

先生は死ぬまで一生現役作家でいてほしい。

そのためならわたしはなんだってする。

先生が最期まで書き続けられるよう支えていきたい。

特別章「まなほへ」

瀬戸内寂聴

こんなに早く本が出るなんて、ほんとに、ほんとにおめでとう。まなほはきょとんとして当たり前のように思ってるらしいけど、一冊の本を出版社が出版してくれるなんて、それはそれは難しいことなのよ。

まなほの私にくれた手紙があんまりいいので、私の小説の中にそのまま使ったのを見た編集者たちが、誰も彼もが褒めるので、

「あれは、うちのまなほの手紙そのままなの」

と言ったら、みんながいっせいにまなほに興味を持ちだして、競争でまなほに書かせようとしてくれたのでした。

初めてあなたが寂庵に来た時は、大学卒業直後だったので、まだ二十三でしたね。あれから七年も経ったなんて夢のよう。

まなほと私は六十六も年の差があるので、物事に対する判断が全く違うのは無理もない。会話がどうしてもトンチンカンになってしまう。何か話す度、どちらかが吹き出してしまう。たいていのことには驚かない私も、まなほが通うようになって二週間もたつと、朝来るなり、私の寝室に飛び込んできて、

「おはよう！　今朝の私のパンティ可愛いのよ、ほら」

と言って、スカートをパーッとまくりあげ、花模様のピンクの、ほんとに可愛らしいパンティを見せてくれるのにはびっくりした。

「センセのパンティなんてオバハンスタイルなの？　おへその上まであるんだもの。おかしい！　今度、こんなカワイイの買ってきてあげましょうね」

「いいえ、けっこうよ」

そんな会話を笑わずにできるものではない。

「センセ、よくテイソウ、テイソウって、ここに来るオバちゃんたちに話してるでしょ。あの子はショジョだからとか、でないとか。あれって何？」

「今のあなたたちムスメのように誰とでも寝ないお行儀よ。それを守ってる女の子のこと」

「誰とでも寝て、どうして悪いの？」

ああ、ああとため息をつき、私は笑い出してしまう。一事が万事、そんな調子なので、

まなほが来て以来、私は一日中ゲラゲラと笑い通していたわね。私の名も、本も知らないと就職の面接日に、いくらか赤くなって言った時のまなほの美しさに、私はその場で採用することに決めてしまった。

でも思いの外、頭がよくって、気が利いていて。まなほはたちまち、私の秘書の仕事をのみこんでしまい、寂庵にはなくてはならぬ名物看板女になってしまった。私たちは朝、顔を会わした瞬間から吹き出し、一日中顔を会わす度、漫才師のように掛け合いに喋りあい、どちらも相手を自分より早く笑わせようとしている。あなたの来たおかげで、寂庵は笑い声が絶えず、ほんとに明るくなりましたよ。

「きっと、ここにはイケメンの男がたくさん来るだろうと期待していたのに、いらっしゃるのは、賞味期限の切れたオジンばかり！」

と嘆いていて、一向に縁談がないのはどうしたのかしら。三十にならないと、縁がないんですって！　占い好きで、そんなことを言っていたまなほのおみくじにはどれも、文才があり三十前に初書籍が出るなどどこにもなかったわね。私だけが、まなほの文才を発見して認めてました。時々、私の机の上に置いてくれるあなたの手紙によって。

可愛らしい絵も上手でした。それも今度の本にイラストに使ってくれるって！　何もかもトントンね。おまけに初版の部数も今日聞いてひっくり返りそうになりましたよ。この本の売れない時に、はじめての本にこんなに刷ってくれるのは、売れると出版社が信じているからでしょう。これでまたおヨメに行くのは遅れるかもしれないけど……。いいじゃない。次々本を書いて早く自立しましょう。私はもう九十五歳。いくらなんでも二、三年うちに死ぬでしょう。そのあと、まなほはどうするのかと心配していたけれど、これで安心！

この本、きっと売れますよ‼

読んだ人は笑い出して、お腹をすかせ、食べて肥って幸福になりますよ！

次の本も、もう原稿が書き上がりましたね。

スゴイ！　スゴイ！

まなほは天才だ！

はじめての印税が入ったら、寂庵のみんなにおごってネ。

これを書いているのを背後にしのんできて見ていたまなほは、いきなり私の首をしめようとした。もっとホメろと言う。これから、ホメます。

まなほは、心根がほんとにやさしい。彼女が来てからずっと病気ばかりしている私を看病してくれる扱いの良さと、やさしさには、感動しました。扱いにやさしい心がこもっていて、手つきがすばやく、ナイチンゲールの再生かと思いましたよ。髪を剃ってくれるし、剃りながら「なんて低い鼻でしょうネ。センセのは、鼻筋がないのね」というので私は吹き出し、剃刀で低い鼻をちょんぎりそうになる。

病院ではどこでもドクターたちが私をもう呆《ほう》けていると信じこんで、

「あの若い美しい秘書さんは今日まだ来ないのですか？」

と待ちかねて、私の病状を私にではなく、まなほにこと細かく説明する。

アンマも上手だけれど、いつ首を絞められるかと少し怖ろしい。

料理は甘すぎたり、辛すぎたり。パンの一面は真っ黒けに焼くし、上手とはいえないけれど、美味しいもの食べさせようと、台所で苦心惨憺《くしんさんたん》する可愛らしさには涙が出てしまう。

とにかくまなほは稀に見る人間の情《じょう》が深い人です。ユーモアは天性のもので、これはご両親に感謝しないとね。

文才が芽を出したのは、寂庵に来た運命のため。これで安心して私も死ねます。まなほの魅力を理解してくれるイケメン（あなたの好みの、鼻の高い彫の深い）さんが、そのうちきっと現れるでしょう。結婚式にはもう私は行けないでしょうね。でも魂になって会場にゆき、ウエディングケーキのてっぺんを三センチほど食べてやろう。赤ちゃんも抱きにゆくよ。魂はどこへでも飛んでゆけるのだから。

では、この本がバカスカ売れますように‼
テレビの取材がいっぱいきますように‼

寂聴

あとがき　先生へ

先生への手紙はこれで何回目でしょう。

先生はわたしの手紙をすべてとってくださってますよね。何もかもすぐ失くす先生がちゃんと持ってくれていることにまずはびっくり仰天しています！

先生とわたしはいつもふざけあったり、口喧嘩したり、けなしあったりしているから、かしこまって何か話したり、感謝の気持ちを伝えたりそんなこと恥ずかしくてできないです。だから、わたしはいつも先生に手紙を書いてました。

手紙を書くときはいつも先生への想いが溢れて、おもしろいことなんて書けなくて、でも気持ちを伝えたくて、毎回泣きながら書いています。

わたしがここに載せるために書いたはじめの手紙を、先生は感動もしてくれず「いつものまなほらしくない。ワクワクしない」と一喝。わたしが夜な夜な胸いっぱい溢れる先生への想いを泣きながら書いたあのセンチメンタルな時間、返してください（笑）。

自分が書いたものを誰に読んでもらいたいか、褒めてもらいたいか、「先生」になんです。たとえたくさんの人が褒めてくれても、先生に褒めて貰わないと意味がない。だから何度も何度も先生が「いいじゃない」って言ってもらえるまで書き直します。

先生がわたしの手紙を褒めてくれたことから、この本を出すことにつながりました。しかも、表紙のために夢だった篠山紀信さんに撮影していただけるなんて。

先生がどこにでもわたしは文学少女じゃないから雇った、と言いふらすので黙ってましたが、小学生のころから絵本を読んだり、漫画、小説、エッセイ、詩、をたくさん読んでましたよ。ただ、純文学は読んでなかったし、未だに源氏物語も読んでいないなんて口が裂けても言えません（笑）。　先生の名も評判も全然知りませんでした。

先生のこと面白おかしくなら書けるけど、それだけじゃだめだと、いろいろ先生のこと調べさせてもらったら、先生って本当にすごい人なんだって改めてわかりました（遅い？・）。わたしが先生のすべてなんて語れないし、わたしの文章力じゃとても、とても足りない。けれど、それを知ったうえで、今のわたしから見た先生を書いてほしいと編集者の方から突然お話をいただきました。

先生との7年間を振り返るとあっという間で、もう7年か……と切ないです。時がとまればいいのに。

時々、夜中急に「先生、生きてる？」って不安になることがあるんです。真夜中だし電話をするのも大げさだし、やめるのですが、変に不安になって居ても立ってもいられなくなることがあるのです。どうか次の朝、いびきかいて眠っていますようにって祈りながら必死に寝ようとするんです。こっそり先生の寝室に忍び込んで息を確認してから、眠りにつこうと思ったり、メールだけでもしてみようかと迷います。だいたい、そんな心配をよそに先生は翌朝生きてて、「その洋服似合わない」なんて朝の第一声におっしゃいますよね。先生と一緒にいると、うれしい気持ちと、なんだか儚《はかな》い気持ちが混ざって泣きたくなることがあります。誰かが亡くなったニュースを聞くと胸がぎゅっと痛くなるんです。みんなが「先生が死んだらどうするの？」って聞いてくるんです。そんなの決まってる。「泣いて泣いて泣きまくる」わたし、耐えられるかな。お菓子も喉を通らなくなって、ガリガリに痩せちゃうんじゃないかって心がヒリヒリします。先生が死んだ後のことなんて考えたくないよ。

でも先生のおかげでわたしはたくさんの経験や、たくさんの人に出会えました。きっとそのことがわたしの大きな財産になるから、わたしを支えてくれるって信じています。

わたしが95歳まで生きたら、そのとき初めて先生の身体《からだ》になって考えることができるのかなぁ。先生の身体のしんどさや、大切な人が次々と死んでしまう寂しさや、いつ自分は死ねるのかという待ち遠しさや。それでもきっと先生のことは一生わからない気がする。

でも先生のことが大好き。くしゃって笑った顔や、すぐ騙されるところ、凛として潔いところ、強いところ、かっこいいところ、少女のように天真爛漫なところ、そして何よりものすごく優しいところ。

先生はこの頃どんどん若返って、元気そうだとみんなに言われて喜んでますけれど、そのおかげでわたし、ここ数年でほうれい線目立ってきたんです。先生が原稿の締め切り守らないからわたしは毎回先生の代わりに編集者の方にペコペコ謝ってるし、先生の耳が遠いから誰よりも大きな声で話して、この頃なんだかキツイ、怖い人みたいに思われて、先生を生き仏のように思っているおじさんからは「生意気だ」って怒られて、落ち込んでへこんでしまう。全部先生のせいなんですからね！

ある方に、先生はわたしの生命力を吸い取っているから、95歳現役で小説書き続けられて、何度病気しても生き返っているんだって言われました。普通だったら吸い取られて2、3年で死んでるって（笑）。だからきっとわたしはいつもお腹が空いていて、吸い取られた分を補うようにいっぱい食べるのですね。納得！（笑）

先生は夫と娘を捨てた日から、家を出た日から、自分は幸せになってはいけないって、幸せになることを避けてきましたよね。だから先生は独りでずっと生きてきました。先生はすこぶる強いし逞《たくま》しい。けれど最強な人間なんてこの世にいないから、時々、とても頼りなく弱弱しく感じることがあるんです。そんなとき、何も知らないふりしてそばにいてもいいですか？　そのときはおいしいお菓子とお酒でも！

先生に出会う前の自分はなんだかいつも自信がなくて、不安で、未来に希望なんてなかった。先生に出会ってからわたしの人生は大きく変わったんです。先生が自分でも知らなかったわたしを教えてくれた。わたしの才能を見つけてくれた。先生がいるからわたし、世の中に怖いものなんてなくなった。先生はわたしの最強の味方です。

先生に出会えたことですべてチャラになった、それくらいわたしの人生は変わったんです。わたしは何を先生に返せていますか？　先生の心のすみっこにわたしは膝を抱きしめていますか？　一生涯を振り返るとき、わたしのことも思い出してくれますか？

これからいろいろな未経験なことがわたしには待ち受けています。そんなとき、「なんてことない」って先生が傍にいて思わせてほしい。もし先生が死んでしまっても、毎日話しかけるよ。喧嘩もしよう。時々、わたしの身体《からだ》に乗り移って遊んでもいいよ。悪さはしないでね。いつもわたしの傍にいると約束してください。あぁ、やっぱり、先生が死んだら嫌だなぁ。悲しいなぁ。寂しいなぁ。

そう思うだけで泣けてきちゃうんですよね。涙が止まらないよう……。

今日は一回も口喧嘩しませんでしたね。その代わり何回笑いましたか？

先生がわたしに口では勝てないからって短い足で蹴ってきても、料理をけなしてもわたし、全然平気だよ。

わたしの買ったばかりのヘアアクセサリーを見るなりケチつけても、ちょっとだけ怒るだけにする。

だからこれからも元気で生き続けてほしい。一生とは言わないからもう少しだけ、わたしを傍にいさせてください。

先生、いつもわたしのこと見ててくれて、守ってくれて、信じてくれてありがとうございます。

わたし、人生で先生に出会えたことが一番の幸せだった。

先生、毎回言うけれど大好き、心から。

明日はチーズケーキ作ってあげますね、先生の大好きなくまちゃんのクッキーを添えて。

まなほ

瀬尾まなほ（せお・まなほ）

瀬戸内寂聴秘書。1988年2月22日生まれ、兵庫県神戸市出身。京都外国語大学英米語学専攻。大学卒業と同時に寂庵に就職。3年目の2013年3月、長年勤めていたスタッフ4名が退職（寂庵・春の革命）し、66歳年の離れた瀬戸内寂聴の秘書として奮闘の日々が始まる。瀬戸内宛に送った手紙を褒めてもらったことにより、書く楽しさを知る。瀬戸内について書く機会も恵まれ、2017年6月より『まなほの寂庵日記』（共同通信社）連載スタート。15社以上の地方紙にて掲載されている。困難を抱えた若い女性や少女たちを支援する「若草プロジェクト」理事も務める。大好物は「何よりも胸をときめかせる存在」というスイーツ。座右の銘は「ひとつでも多くの場所へ行き、多くのものを見、たくさんの人に出会うこと」。

おちゃめに100歳《さい》！ 寂聴《じゃくちょう》さん

2017年11月20日　初版第1刷発行
2018年1月15日　第3刷発行

著　者　瀬《せ》尾《お》まなほ
発行者　田邉浩司
発行所　株式会社　光文社
〒112-8011
東京都文京区音羽1-16-6
電　話　編集部　03-5395-8172
書籍販売部　03-5395-8116
業務部　03-5395-8125
メール　non@kobunsha.com
印刷所　堀内印刷
製　本　国宝社

　Printed in Japan　ISBN978-4-334-97960-7